りなちゃん　あなたと迎えた'94が終わろうとしています
時が過ぎていくことの空しさの中で
日毎《りなのイメージ》は
私達の中で鮮明になっていきます
あなたとの楽しかった、豊かな思い出に
感謝し、生きていこうと思います
そのことは、りな　あなたが
永遠に、私達の内に生きるということです

今年は、大変悲しい次女里奈子との別れの年となってしまいました。皆様方に
ご心配戴きました事、心よりお礼申し上げます。　新年のご挨拶は失礼させて
戴きますが、寒さに向かい、健康に御留意いただきお過ごし下さい。

一九九四年　十二月

高二の作文ノート

永峰 里奈子・永峰 涼子

文芸社

目次

目次

プロローグ

その日は突然やって来た。

次女、里奈子との別れ。前日夜、どうしたのだろうと思うことはあっても、まさか自ら逝ってしまうような事態になるとは、全く予測していなかったのです。私は母親だから、何か悩みがあるのなら一緒に考え、支えようと思っていました。里奈子のこと、分かっているつもりで、実は何もわかっていなかったという現実を突きつけられて、なぜ死にたくなってしまったのか――里奈子探しが、私の心の中で始まった。

知り合いの精神神経科のお医者様の家を、主人と訪ねました。彼は「生前お会いしてないので」と前置きして、「うつ病だったのかもしれない。最近、若者の間に急激にうつ症状が上下するという症例があって、自分の関わっている患者さんの中にも、病院に入院中に飛び降りてしまった若者がいる」と話されました。また、じーっと考えておられて、「里奈子さんは空間に魂を解放したのかもしれませんね」とおっしゃいました。

『魂』――里奈子の魂は苦しかったのだろうか。

魂の存在すら、あまり考えたことがなかったので、魂とはどんなものなのか、改めて考えてみましたが、全く分からない、知らないことに気が付きました。どこかの本に、心は脳にあると書かれていたけれど、心だって、どんなものなのかと問われれば、やはり分かっていないのです。

でも、私は里奈子のことを思うと胸が苦しくなります。だから、「心は胸にある」と主張したら、先生は優しく同意してくださいました。もちろん、結論などは出ないけれど、少しだけ心の苦しみをはき出し、少しだけモヤモヤを整理して、先生のお宅をあとにしました。

里奈子の行っていたプロテスタントの中学・高校では、聖書の時間がありました。

強制ではありませんが、近所の同じ系列の教会を紹介してもらいました。私ども家族はクリスチャンではないので、彼女は一人で通い、たまにパパが車で送るということもありました。

入学当初はその教会によく通っていましたが、だんだん休みがちになっていきました。休暇明けには教会レポートというものを提出しなければいけないらしく、休み明け前に一回行くようになって、それもバツが悪いのか、川口の友人が行っている別の教会について行くことが多くなっていったような気がします。ですから、里奈子にとっては教科の知識としてのキリスト教なのかなと思っていました。

ある日、親しくお付き合いしていた、とても信仰心のある信者さんが来られて、「宗教は指導者がしっかりしていないと危険がある。だからキリスト教では自死をみとめていないのです。でも里奈子さんは天国へ行っていると思いますよ」と慰めてくださいました。

別の信者さんは、「キリスト教では、亡くなったら神様の所に行けるので、〝おめでとう〟と言うのですよ」と伝えてくれましたが、心の中はちょっと複雑でした。彼女にいただいた本『どう読むか、聖書』（青野太潮著／朝日新聞社）を今回改めて読んでみました。その中に、

「神は愛である、その愛は働きとして確かに存在しているが、目で見たり手で触ったりできるような実在ではないのである」

聖書の中にはイエスが出てきて、いろいろ奇跡を行い、また弟子に自分のはらの傷跡を触らせて、復活したことを信じさせ布教に協力させていった。その辺のことはよく分かりません。でも「神の愛は働きとして存在している」という一文は分かるような気がします。

私は、無知のまま里奈子をキリスト教系の学校に入れていたことを、深く後悔しました。一緒に勉強していれば、少しは話し相手になれたのかもしれない。全く学校に任せっきりの愚かさ、そして哀れさを深く知りました。学校はプロテスタントでしたが、里奈子が最後に訪れていたのは、カトリックの修道会でした。

里奈子は、何を考え、何に迷っていたのでしょうか。苦しいことがあったのでしょうか。

私が知っている里奈子は、優しく、穏やかで、楽しみを探す天才でした。友達ともよく遊びに行っていました。友達の家で仮装パーティーをしたり、我が家で手作り料理のフルコースを作って一晩遊んだこともあります。当時空家になっていた隣の家へ私が見に行った時はケーキが三ホールできていて、「ママどれが食べたい?」と聞いてくれました。スープ、魚料理、肉料理も作ると言っていました。夜中、芝生の上で友人と柴犬のガスと遊んでいる様子は、亡くなったあと、写真で知りました。カラオケに行ったり、花見に行ったり、スキーや旅行と色々アイディアが浮かんでくるようです。

小学校二、三年の頃、大宮西武デパートで買い物をしている最中、ミュージカル・キャッツの音楽とともに「チケット売り場にて前売り券販売中」のアナウンスが流れました。お姉ちゃんが行きたいというので、三人でチケットを買いに行きました。

初めてのミュージカルの舞台、たまたま席が前の方で、ダンサーの汗が飛んでくるような熱気に圧倒されました。その後、劇団四季のミュージカルはいくつか見に行きましたが、なかでもキャッツは三回くらい行きました。レコードも買って、レコードに合わせて歌ったり踊ったり、二人の遊びになっていた時期もあります。

私の友人にクラシックバレエを習っていたのですが、中学に入って六本木のスタジオ一番街でもバレエを習い始めました。さらにボーカルのレッスンにも行きたいと言いだし、いつしか舞台に立つのが夢になっていきました。友達ともいっぱい遊びながら、バレエや歌も一生懸命勉強していたのです。


私が仕事から帰り、食堂の椅子でぐったりしていると、彼女は私を抱くようにして「ママの仕事きっとうまくいくよ」と励ましてくれたこともあります。

また、ある冬の夜、彼女が歌のレッスンから帰って来た時、冷え切ったオーバーの上から「おかえり」と私が抱きしめると、にっこり笑って「だいじょーぶ?」と逆に私の心配を、いたわってくれるような時もありました。

私より早く帰っている時は、食堂のテーブルで古いアクセサリーに綺麗な石をボンドで付けて遊んでいたり、絵を描いて私に見せてくれたこともありました。また、お姉ちゃんと生チョコやケーキを作っていて、キッチンはとんでもないことになっていましたが、生き生きと楽しそうにしていました。私に似てあまり勉強は好きではなかったようです。

こんな里奈子がなぜ死を選んでしまったのでしょうか。


亡くなった直後に里奈子の部屋で見つけた本は、『ひとりきりのとき人は愛することができる』というインドの神秘家アントニー・デ・メロの書いたものです。机の上に赤坂にある聖パウロ女子修道会のパンフレットがあったので、そこで求めたのだろうと思いました。主人と修道会を訪れて、里奈子が行ったときに応対してくださった修道女の方にお会いして、その時の里奈子の様子を伺いました。里奈子は悩みなどを話すことはなく、「こちらではどのような活動をしているのか」と聞いたそうです。

それで、里奈子にパンフレットを渡し、六月に予定されていた日帰りの修養会の案内状を送るために、住所を書いてもらったとのことです。住所を見て大宮と少し遠かったので、手作りクッキーと紅茶を用意して下さったそうです。その間に、『キリスト教とは』という新書（通学バックの中に入っていました）と先の本『ひとりきりのとき人は愛することができる』を買いたいと言ったそうです。修道女の方は、この本は難しいので、同じ作者の『小鳥の歌』という本を勧めてくださったそうですが、里奈子は、やはり『ひとりきりのとき人は愛することができる』が欲しいと購入したそうです。

「黙想2」の最後のページにカバーが挟んであったので、そこまで読んだのではないかと思っています。聖書の言葉に、作者が自分自身に問い続けた黙想が書かれているそうです。

黙想2

もし、だれかがわたしのもとに来るとしても、父、母、妻、子供、兄弟、姉妹を、さらに自分のいのちであろうとも、これを憎まないのなら、わたしの弟子ではあり得ない。

ルカ14・26

永遠の幸せを手にしたいのなら、自分の父や母のいのちをも憎み、持ち物をすべて手放す覚悟がなくてはならない。どうやって？　それらを破棄し、断念するのではない。暴力で断念したものに、人は永久に縛られる。そうではなくて、それらをあるがままの夢として認めるのである。そうすれば、わたしがそれらを保っていようといまいと、あちらではわたしをつかんでいた手をゆるめ、わたしを傷つける力を失う。そしてとうとうわたしは夢から抜け出して、闇と恐れと不幸から自由になるだろう。

……すがりつくのをやめたので、むこうがわたしを傷つける力も破壊された。それからついに、説明も表明もできないあの不可思議な境地——なくならない幸福と平安の境地――を体験する。そして、悟るのである。兄弟、姉妹、父、母、子供、畑、家にすがりつくのをやめた者は皆、その百倍もの報いを受け、永遠のいのちを受け継ぐ、とはほんとうだったと。

『ひとりきりのとき人は愛することができる』アントニー・デ・メロ・中谷晴代訳（女子パウロ会）

この本に出会ってまもなく、里奈子は旅立ってしまいました。誰もが、この本を読んで逝ってしまうとは思いません。彼女には、この本がきっかけになるような素地があったのだろうと思います。

次に、里奈子が高二の時に書いた作文ノートを読みました。死への憧れが書かれていました。また、「もしも事故で亡くなったら、残された人は再会を信じてしっかりと生きて下さい」とも書かれていました。

この『作文ノート』、食堂のテーブルの上に無造作に置かれていることもありました。無地の表紙に、ネコのスタンプが楽しそうに押されていました。里奈子らしいな、と思いながらテーブルの脇によけて、食事をしたものです。「ママ、見ないで」と言われたことはないけれど、「ママ、読んでもいいよ」と言われたこともありません。

もし、こっそり読んだとしても、こんなことになるとは思わなかったかもしれない。そして「知っていたのに」と自分を責め続けたかもしれない。いや、もっと賢ければ話し合うこともできたかもしれない。パパに話して、「若い頃はいろいろあるよ」と取り合ってもらえなかったかもしれない。

色々考えてしまいますが、あるのは現実、里奈子が今、この世にいない、戻ってくることはないということ。

時間がどんなに過ぎても、涙があまり出なくなっても、悲しみが終わることはありません。むしろ、深く深くなっているのかもしれません。

文章を書くことは得意ではなかったのですが、亡くなった直後から、里奈子との思い出、自分のその時々の気持ちを書き続けました。そうすることで、とりあえず悲しみをノートに留め、「時間が過ぎてもちゃんと悲しみはここにある」と自分自身を納得させ、だんだん同居するんだなあと思うようになっていきました。

経験のない方は、「悲しんでばかりいないで、早く元気になって」と思ってくださるのですが、私にとって里奈子がいないことは悲しいこと、淋しいことなのです。これは生涯変わることはありません。それでも少しずつ、この悲しい、淋しい状況に慣れてきたように思います。

今回、お子さんを亡くされた友人ご夫妻が『定命　父の喪・母の喪』というタイトルで本を出版されて、私にも「書いているものがあるのでしょ」と背中を押してくださったので、まとめてみようかなと思いました。

作文ノートを読み返してみたら、死への憧れも書かれていましたが、生きることへの前向きな思いが綴られていました。母としては、その溢れるようなメッセージを受け取り、作文ノートを全文発表しようと考えました。

高二の作文ノート

永峰 里奈子

この「ノート」は筆者の思いに添って原文通りに掲載しています。引用文については出典が不明のものもあります。

※このページは里奈子が消しゴムで作った印で母・涼子がデザインしました。

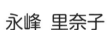

ある本

私は今、曽野綾子の『華やかな手』という短編集を読んでいます。私は短編集というものはあまり好きではないので、表題にあるものしか読まないのがほとんどでした。でもこの本の一編一編にはずっしりとくるものがあり、とても興味がそそられます。

その中の一つのお話について書いてみようと思います。海外に駐在中の夫と子供を残して、妻は夫の下役と心中してしまった。夫は家族のために家を買い妻が来るのを待っていた。しかし、子供と二人だけの日々が始まる。父はなぜだか心苦しく、眠れない夜が続く、そして自分はこのままではダメになってしまうと思う。それは自分と子供の破壊となるのではないかと心配する。子供はいつもある一冊の本をずっと読んでいる。ある日、彼の家に一人の友が来た。彼はなぜあんな本を子供に読ませるのだと言う。父はハッとする。そしてその本を読む。友は言う。「もう息子さんの方が狂っているんだ」

この話を読み終わった直後、心にぽかんと穴のあいた気がしました。ある一冊の本とは、「カチカチ山」という絵本でした。昔読んだ本でしたが、すっかり内容を覚えていなかったので、その本の題を聞いても私はピンときませんでした。でもその内容を知った時ショックを受けました。父も驚いたことと思います。この話はそういう話なのです。一瞬現実に引き戻される。父は心苦しい生活に息づまってしまった。自分はもう狂うと思った父、しかし息子の方はもう正常とは言えないようになっていた。その家族のその後を私は想像することはできません。一、二年前まで何もかもうまくいっていただろう家族が、不幸になる。非現実的なようで、現実味のある所がこの話の気になるところだと思います。

私はフッと家族の顔を思い浮かべます。毎日、本当に仲良く幸せに生活しているわけではありませんが、きちんと相手に反応して生活しています。でも何かの事件で狂ってしまう可能性もあります。そんな時、気が付いてあげて、助けてあげられるような家族でいようと思います。

旅立ちの朝を迎えたら

まず旅立ちの朝とは何なのかをお教えしましょう。率直に言えば、死んだ日の次の朝ということです。でも私の思う限り、死が終わりなのではないのです。つまり新しい道を歩むようになることなのです。私は『旅立ちの朝に』という、曽野綾子さんとアルフォンス・デーケン神父による往復書簡の本を読みました。私の今まで持っていた死のイメージをみごとに覆してくれた本です。

一番私が今思うことは、死後の幸福の世界を信じるということです。先に死んでしまった人々との再会を信じることです。死ぬ時、それは一人一人さまざまですが、その日は、神が決定した運命の日だと思うのです。だから死は恐れるべきではなく、死後の生命が存在する可能性を信じることができるかなのです。

ゲーテは「来世に希望を持たぬ人は、この世で既に死んでいるようなものだ」と強い言葉で表現しています。「私は今までなぜ人間は生きているのだろうか？」という疑問をずっと持っていました。でも死を新たな生への入り口とするなら、現在の生に意義を見出すことができます。私はやはり悪い行いをした人や、自分から命を絶った人には死後の幸せはないと思うのです。でも貧しかった人や、事故や戦争に巻き込まれた人でも、神様が心よく迎えてくれていると思うのです。だから私が交通事故で死んでしまっても、みんなに悲しんで生きてほしくないのです。私はきっと神様に許可されているのでしょう。そして生きている人々は再会する日を迎えるまで、期待をもって生きてほしいと思うのです。また私がだれかを失った時も同じです。

そう考えると、なんでも信じやすい私は、死＝幸福という考えがすごく強くなってしまいます。でも死を望んで生きるようでは、旅立ちの朝はなかなか来ないように思います。また死とは今もっている全ての物を失うことです。まだまだ理解しきれません。デーケン神父は上智大学で「死の哲学」というセミナーを開いているそうです。私達はもっともっと死について考えるべきのようです。そうすることによって、自分の生き方を見つけられるように思います。そしてさまざまな死の悲しみを受け入れる

ことができるでしょう

そして最後にわたしがこの本のなかで強くひかれたことばを書きましょう。

「人を愛するとは『いとしい人、あなたは決して死ぬことはありません』ということである」

死ぬことのない愛、なんだか天国を信じるよりもっと難しいです。本当に信じることができたら何よりもすばらしいと私は思います。

砂糖菓子が壊れるとき

この物語の最後に千坂京子は自殺してしまう。話の最後まで、今までいろいろ主人公になりきって考えていた私は、なんだか取り残されてしまう。早送りで『人間の一生』とゆうドラマを見たようなのである。でもその死は、私は認め受けとめることができる。

でももし、友達の一人がいきなり自殺なんかしたら、私は心が乱れてしまうと思う。でも千坂京子は壊れてしまったのです。彼女は生きようとしました。そして率直に生きました。でも彼女の周りには、そうじゃない人々がうじゃうじゃ存在するのです。なので彼女は死を選びました。自殺した人は天国へ行けないというけれど、私は彼女に、なんとしてでも天上へ行ってほしいと思うのです。自殺とは罪なのでしょうか、自分で生きる道を切るのはしてはならないことなのでしょうか、わたしにはよくわかりません。でも京子が自分の人生をふり返り良かったと一言、言えるなら、それでよいと私は思うのです。何がよく、何が悪いのか、それは判断しきれません。でもこの世を去るとき、神への感謝の心をもっていれば、それで全てよしとされると思うので
す。まだ何もわからない私ですが、私の人生を全力で歩んでいきたいと思います。

（編注＝『砂糖菓子が壊れるとき』は曽野綾子著の小説）

花作りのコツ

〈要約〉

園芸家というものは、花の香りに酔い、鳥の鳴き声に耳をかたむける詩的な心やさしい人のように思われるが、本当はミミズのようなものなのだ。ミミズは土の中に生活し、空気を送り、糞のおかげで大地は沃土としてよみがえる。美しい花を作るために、まず土が大切であることを忘れてはならない。園芸家は全身で働く。背中を曲げ、足を曲げ、指は土をほる。あらゆる手段を使って園芸家は小さくなろうとする。

〈感想〉

園芸家という人はたくさんいるけれど、本当に園芸家である人はいったい何人いるのだろうと思いました。美しい花には、土が最も重要なことを私ももっともだなと思いました。いろいろな世界表面は華やかでも、その陰に苦労があることは忘れてはならないことです。ミミズになって努力する。その根本を見ることができなければいけないと思うのです。今、自然が破壊されています。土も変わってきています。ミミズは変わらないのに私たちが変えているので、美しい花がみたいのなら、自然保護をするのも、花作りのコツではないかと思うのです。土は偉大な物です。私たちをも成長させてくれています。

Dear お姉ちゃん（1）

そちらも暑い夏を迎えていることでしょう。元気にしていますか？　お手紙ありがとう。アンやクンに会えないのはとても残念です（姉の留学中の家の人が日本に来るので、会う予定でしたが会えなくなってしまいました）。手紙の中に『義務』や『責任』という言葉が馬鹿〱しいとありましたが、外国にはそのような考えはないのでしょうか。

私は、日本には日本の中での価値観や物の考え方がすごくあると思います。例えば、物を贈る習慣や、物の断り方です。私たちは、お中元やらお歳暮やらと、送っては返すということをくり返しています。これも社会の義務の一つになっている気がするのです。私が昨年ホームステイをした時、家族の人たちは、それぞれプレゼントをくれました（私の誕生日の時）。そんなに豪華な物ではなかったけれど、それを見るたびにその人の顔が目に浮かびます。贈り物とは、中身も重要ではありますが、誰にもらったかが大切だと思います。

それに物の断り方と書きましたが、私たちはいろいろな場、いいえといえずに、「エエ、はい」と言ってしまうことがあるでしょう。食事の時、もういらないのに「どうぞお食べ下さい」と言われて食べてしまい、あとで後悔する。それくらいのことなら別にいいけれど、他人に気を使うばかりに、かえって相手にまで気を使わせてしまうことがあります。責任をとるつもりが責任をとらせてしまう。

これが日本人というわけではありませんが、日本の一面です。いつも普通だと思うことが、世界の中ではそうでないのです。私たちの周りにある習慣や考え方に押しつぶされ、義務や責任に流されないよう、たくさんの世界を知ることが大切だと思います。本を読む、外国の人と接する、とても大切だと思います。そうする時、私たちは日本に住む人々を広い目で理解することができると思います。

だからお姉ちゃんが、日本の事をそちらの人に話してどういう反応があるのかとても興味深いですね。私がホームステイをした時、その国の良い面ばかりが目に付きました。今度行く機会があったら、これは日本の方がいいという所も探してみようと思います。

では、お体に気をつけて下さい。

From りな子

(私が普段日常でどんなことを考え、感じているかを書くのには、手紙形式がよりよいと思いました)。そこで、私の姉が、今年の三月からベルギーに交換留学生として行っているので、その姉への報告を兼ねた文章を、これからたまに書いていこうと思いました。

Dear お姉ちゃん (2)

この間、家の本棚の中から、おもしろそうな本を五、六冊選び、自分の部屋に運びました。その中の一冊が『太郎物語』というヤツです。たぶんお姉ちゃんが買った本でしょ。読んでみたらとてもおもしろかった。なぜかっていうと太郎君がとても良い子なのです。私は大好きになりました。

ある日太郎は、五月さんのアパートに行く。アパートには病気の父が寝ている。彼女の父は自殺しようとしそうな人だった。すると太郎は、両親に感謝することは、あの二人が自殺だけはしそうにないことだと言う。そして、一生耐えて生き抜いた、ということが、親に見せている最大の手本でしょう。そして、自殺は伝染するんですよと言う。五月さんの父はこの話を聞いて絶対に自殺をしようと思えなくなったと思います。人は一人で生きているのではないのです。何も言わなくても、その人の生き方によってメッセージが伝わるのだなと思いました。また言葉には代えられない思いもあります。一生懸命生きている人には共感を覚えます。親が最大の手本になるというのには、もっともだなと思いました。これだけでも太郎君という人がすこし理解できるでしょ。

それに、太郎君は土器や古墳なんかにすごく興味をもっている。すると教科書に土器の資料が一番多かった北川大学へ進もうと決める。そして人の人生というものは、こういうふうに決まっていくものなのかと納得する。なんかとても自然な考えだと思います。世間の流行や、風潮になんて全く影響を受けていないのです。自分の人生は、自分のどこかにピッピッとくる、そんなものを大切にしているのです。今、太郎物語の続編、の大学編を読んでいます。北川大学に進んだ彼の姿が描かれています。彼の成長していく姿はとても興味深く、学ぶものがたくさんあります。

あと、この本にはもう一つのおもしろさがあります。それは彼が毎日食べている料理についてです。彼はとてもグルメ党なのです。彼の主義は、どんなに貧しい生活でも食を楽しもうという精神です。山でクレッソンを取ってきたり、外国の本を読んだり、タコを釣ったりと……。私も最近は、ちょっとのことをこだわって食べることを楽しんでいます。一日に三回もある、なにげないことを楽しむと、一日がより豊かに、ここちよくなるものですね。なんだかとてもよい本というのに出会うことができました。ではお姉ちゃんも何万冊もの本の中から良い本を選ぶことができるよう、願っています。

では。

From りな子

（編注：『太郎物語』は曽野綾子著の小説。高校編・大学編がある）

文章読本　19　花嫁

〈あらすじ〉

彼女はいつもゆく小ぶりで貧弱な公衆浴場へ出かける。そこへある女の人が「これで私の衿を剃ってください」と言う。話を聞くと、その女の人は明日お嫁に行くのだそうです。それで、お礼を言いたい気持ちでお祝いをのべ、名も聞かずにハダカで別れた。何か月かがたち、作者はあの女の人はしあわせかしらと考える。

〈感想〉

あの女の人は、本当にどうなったのだろうとまるで推理小説のように興味をそそられます。でも私は彼女がしあわせであると信じたい。お嫁に行くのはとても大変なことだと思う。自分の家を持ち、生活を始める。あたかも自由であると感じるが、自由の中だけで人間は生きては行けないからです。あの女の人の背中には、期待と不安やら幸福感やらがいっぱいつまっていたのではないでしょうか。

それに今までの苦しかったことつらかったことを思い出すことでしょう。彼女は病気をしたり、三十歳をすぎてしまっていることなど、さまざまな思いがあるでしょう。でも私には、彼女は輝いているなと見えるのです。

人間にはさまざまの不平が、人生の中に組みこまれているのでしょう。その種類はさまざまだと思います。お金のことや、家族のこと、学力や才能、自分の性格に苦しむ人もいるでしょう。でも「自分が一番不幸だ」と思ってはいけないと思うのです。その心がある限り幸せにはなれないでしょう。自分がつらい時、周りの人の幸せも理解してあげるのです。

そして強い心をもてば、そのつらさを乗りこえられると私は思うのです。世の中、自分だけが努力しているわけではないと思うのです。たくさんの人々が、たくさんの所でさまざまに努力していると思うのです。あの女の人も、一生懸命生きている人の一人だと私は思います。

私もまだまだがんばれると思います。

（編注＝『高校生のための文章読本』梅田卓夫、清水良典、服部左右一、松川由博 編／筑摩書房本の中で紹介されている作品「花嫁」石垣りん著について）

ネコを飼って

うちのネコの名前はサクラです。グレーのちょっとシマの入った毛に、竹色とゆうような美しい目、どこを見てもかわいいヤツです。この間図書室で「猫の本」というとても厚い本を読んでいたら、ヨーロピアンショートヘアではないかと発見してしまった。サクラはもう三年くらい前に拾ったネコです。お姉さんの学校で拾ったのです。姉の学校は、読売ランドの駅から十五分くらい歩いた所で、大変緑の多い学校です。きつねやへびも出るような所です。そんな中で、一匹のネコが足をひきずって歩いていたのだそうです。

きっとケガをして家の方向がわからなくなり、迷っていたのでしょう。そのネコを姉が拾ってきてしまったのです。母は「ケガしてるネコなんて」と反対しました。そしてだれか他に飼い主を探す約束で、うちの家へやってきました。私たち家族は少しとまどってしまいました。イヌは今までずっと飼ってきたけれど、ネコは初めてです。そしてそのネコはがりがりのやせっぽちで、さびしそうな声で鳴くのです。そして色々な家に電話したけれど断られるばかりでした。そうしている間にネコは私達の生活にどんどん入り込んでいました。そして名前を付けて、サクラ、サクラとみんなが呼ぶようになっていたのです。

そして三年経って、ネコの性格というものが最近ようやくつかめてきました。「ネコなで声をだす」とよく言いますが、サクラも大変上手です。とてもかわいい声を出して、えさをもらったり、外に出してとドアをあけさせたり、本当に人間を上手に使います。そして、ネコはとってもクールで自分はまるで人間よというように振舞ったりします。

でもネコの考えていることは、底が深いような気がします。T・S・エリオットの詩に「猫の名前」という、とてもおもしろいものがあります。

猫はみな名前を三つずつ持っている
マックス、モーリッツなど普段呼ぶときの名前、
クラリネ、ジェリロールなど猫を持ち上げて自尊心を高めてやる名前
そして三つ目は
猫だけが知っている秘密の名前である
どんなにばかげた名前で呼んでも
猫は決して主人を裏切ることはない
でも猫は　人間が三つ目の名前を呼ぶことは決してないと知っている

その三つ目の名前は何だろうかと考えたけれど、私にはわかるはずがないと言っているのだから、考えても仕方ないのだろう。でも知りたいと興味をそそられる。そこがネコの興味深い所なのだろう。私は、ネコにはネコの社会があるように思う。その

中にはスターもいれば、悪いヤツ、料理人などもいる。サクラが帰ってこない夜は、集会でも開いているのかな、なんて想像してしまいます。まことにネコには不思議がいっぱいです。

でもネコみたいな性格と言われると高びしゃなように思いますが、かわいい一面もちゃんと持っているのです。サクラは毎日庭に出て、お仕事に精を出します。そしてその収穫物をご主人様にささげるのです。だからサクラはトカゲを取ってきては私たちの部屋の前に置き、どうすごいでしょうと言わんばかりに、ニャゴニャゴと鳴くのです。私たちは毎日ひやひやさせられます。ここで重要なのは、こんなものを持ってきてはダメとおこってはいけないということです。そうするとネコの性格が悪くなってしまうのです。ネコも教育によってかわいいヤツになるのです。

まだまだネコを飼って感じることはたくさんありますが、私たちはネコを飼うことをとても楽しんでいるのです。私の考え方が広くなるようです。サクラは私のことをどう思っているのだろう。

鼻　芥川龍之介

この作品は非常におもしろいと思った。短い作品だったのでユニークな話だなと一回読んだ時に思った。いきなり長さ五、六寸もある鼻を想像するのにはすこし戸惑ってしまった。でも二回目には、ハッと我にかえらされる気がした。自分も内供《ないぐ》との共通点がいくつもあるような気がしてならなかった。

世の中にはたくさんの人々がいて、それぞれの個性ある体格をもっている。その中の多くの人がコンプレックスを持っていると思うし、それによって苦しんでいる人も多いのだろう。そんな人達は、そのコンプレックスを克服しようと努力し、それを夢見るのである。内供もその内の人で、鼻を実際以上に短く見せる方法を研究し、人々の鼻を観察しては自分の鼻と比べてみた。そして、自分では鼻のことを気にしているのに、そのことを人に知られるのはいやだった。そして会話に鼻という語が出てくるのを恐れていた。

この内供の心は、当人以外には理解しきれないと思われるが、似たような経験のある人にとってはピッと理解できるのだ。内供にとって［鼻］という言葉は、顔の中央にある鼻だけをさすのではなくて、自尊心までも傷つける刃物となるのです。またそんな傷ついた心を内に秘めるというのは、なんとも息苦しく、きゅうくつな気分だろうと思う。

そしてこの作品の難しい点は、内供の鼻が短くなったのに、周りの人々はその鼻を見て笑うという点です。人々はなんと自分勝手なのでしょう。短い鼻ならば笑うはずはないのに、内供の短い鼻だとだれもが笑わずにはいられない。その心理は理解できなくもないのですが、内供から見れば、まったくふに落ちないといったところでしょう。そして内供の心は、鼻が短いにもかかわらず乱れてゆく。そこで私たちがコンプレックスを持つ最大の理由は他人から良く見られたいという心があるのだと思われます。なので内供は、また長い鼻に戻った時、喜びを感じています。はじめと何の状況も変化していないのに、もうこれで笑われないぞとゆう心をしています。

でも私は、内供は長い鼻に自信をもって生きていれば、それは短所から長所へとすることができると思います。だから長い鼻に戻った内供が長い鼻を大切にするならば、周りの人々の目は良い方へ変化すると思います。足の大きい人が小さい靴をはいてムリにあるいているのは、おかしいけれど、シンプルな靴をさりげなくはけば、人々の目にはたいして止まらないでしょう。

人々の目とはいいかげんなもので、また率直なものです。自分の心の持ちようで人目は変化し、その人の心の持ちようを率直に映し出しているものだと思います。

自分史

私は昭和四十九年七月三十一日に生まれました。その日の前日、うちに来ていたお手伝いの人が七月いっぱいで夏休みに入るので三十日に帰ってしまいました。そうしたら、急に心細くなった母は病院へ行き、やっと私が生まれたのです。予定日も遅れ、七月ぎりぎりとゆう日に生まれたのです。とても暑い一日だったと母は言ってました。私が生まれることになって、はりきったのはおじいちゃんです。おじいちゃんは男の子をほしがったのです。毎日習字で名前を書いては部屋にはっていたそうです。私が女の子であると知ったおじいちゃんは、おこって病院へ来てくれなかったそうです。何て自分勝手な人でしょう。でもおじいちゃんは、私のことをすごく良くかわいがってくれました。

毎年クリスマスの時期になると、ほしいプレゼントを届けてくれました。今思えば、紙にほしいプレゼントの名前を書くのは、サンタさんがまちがえないためだったのですね。そして、お正月になると決まって行くのは本屋さんでした。私と姉は、一人では持ち切れないくらいの本を、何度もレジまで運んで買ってもらいました。今まで本当にたくさんの本を読みました（たくさんのマンガも読みましたが）。ぜいたくさせてもらってよかったと思います。でも普通のおじいちゃんはとても倹約家で、タクシーは乗りません、歩きます。昼はざるそばです、とゆう人だったのです。なんだかとてもなつかしくなってしまいます。

また私の幼い頃の話に戻ります。三才の誕生日の次の日からバレエを始めました。一つ上の姉がやっているのがうらやましくてしかたがなかったのです。黄色のレオタードを着た私は、元気に自由におどっていました。買い物に出かけると、レコード店の前でリズムに合わせてピョコピョコ一人でおどっていたそうです。今思うとはずかしいです。

幼い頃のバレエの記憶はそんなにたくさんはありません。でも、アルバムを見るといろいろな発表会を思い出します。耳やしっぽをつけてる子猫ちゃんや、おなかをポコポコと打つタヌキの役（これは私がいちばん嫌いだった役です）。

発表会にはたくさんの事件がつきものです。バレエのメーキャップというのは大変厚化粧なので、目がかゆいと言ってかいてしまった私は、目の周りを真っ黒にしてしまったことがあります。それで泣いてしまったので、直すのがもっと大変だったようです。

そしてある時は、発表会の当日、美容院におだんごにしてもらいに行きました。そしてポニーテールをし、おだんごをしました。でもちょっとおだんごが大きすぎる（私は髪が多いのです）、でも時間がない。それでは仕方がない、そのまま切りましょうと言われ、ポニーテールのまま先を切られたのです。ああ、もうその時は、発表会がイヤになりました。

でも夏に行われる発表会には、さまざまの思いがあり、成長を見るとっても良い機会です。

バレエがうまくできなくて落ち込む時もあります。でも三才から続けてきた道のりを思い出すと、少しずつでも成長している自分がいます。私だって、私のペースではあるけれど、一歩ずつ進んでいるのです。がんばろう、少しでも上手な自分が見たい、その思いで今に至ります。勉強でもバレエでも何でも、やればやるほど深くて、底のないようなものですね。

今は、バレエをやめる日が来るのかなとてもイヤになります。やはり今、がんばるしかありませんね。

幼い頃のことから、すぐに今の私のことになってしまいましたが、幼い頃の性格のことでも書きましょう。

一言でいえば、素直といえるでしょう。自己主張の強い姉といっしょに育てられたので、私は何も言わなくても生きていけたのです。

「おかしちょうだい、テレビがみたい、寝るのなんてイヤ」

なんでも姉がよく面倒を見てくれました。だから姉はいつもわがままだと言われていました。でも私は反抗もしないし、無理も言わない子でした。そうゆう子は良い子なのでしょうか？　一見良い子のようですが、おもしろ味がありませんよねえ。

今の私は全然違うと思います。自分を出さないのは良いとは言えないと思います。自分を出して悪い所は直せばよいのです。でもそのことができるのも子供のうちだけです。今でもおそくないと思うので、しっかり自分を作ろうと思います。

自分の幼い頃のこと、書こうとしてもなかなか書けません。なんだか今考えていることの方へ走ってしまうのです。だから、次から一つずつのエピソードに今の考えをまじえて書いていこうと思います。

でもこの十七年間で何が大切だろうと考えると、やはり家族ではないでしょうか。どんな時も、どんな私のことも一緒に語ってくれるのは、家族しかいません。なんだかいるのが当然で、いっしょに住んでいることしかない家族。

とても良いものですね。

Dear お姉ちゃん（3）

元気に過ごしているのですか。最近手紙が少ないせいか、昨日、夢にお姉ちゃんが出てきました。一年の留学生活も、もう終わりに近づいていますね。この一年、どんなことを感じていたか早く聞きたいです。私も初めての〝一人っ子〟生活を通じ、自分を見つめなおす良い機会になったと思います。

お姉ちゃんのいない生活、それは今までと違う家族構成です。パパ、ママ、私、それにおばあちゃん。こぢんまりとした家族です。当然私の甘えや、わがままはたくさん聞き入れてくれるのです。とっても愉快な気分になります。

パパも子供が一人だとついつい甘くなってしまいます。朝家を出る時は、「傘持った？　天気悪くなるみたいよ」「おべんとうは？」といちいち確認までされてしまいます。どこかへ出かける日程も、自然私のスケジュールに合わせてくれたり、なにかとスムーズに行ってしまう。ああ一人っ子はいいものだと感じるの。

でも、やっぱりなんだか変だと感じるの、それは何なのだろう。みんなが心のどこかで、お姉ちゃんを探してる。私は、いつも怒るお姉ちゃんを探してる。私は妹というポジションが、ぴったりくる気がするのです。そう考えて自分をまた一つ知った気がします。そして、周りの甘さの中でわがままになりつつある自分を見つけ、お姉ちゃんのきびしさに頼ろうとしている私を見つけ出します。

まだまだ私は半人前だなと思う。自分のことが分からない。でもこの一年、新しい環境にあってよかったと思う。お姉ちゃんには、念願だった、姉や兄のいる家族というのは、どうでしたか。きっと新しいポジションについていろいろなことを学んでいるのでしょうね。

一回り大きいお姉ちゃんを楽しみにしています。

From りな子

夜の公園

夜の公園と聞いたら、あなたは何をイメージしますか。

夜の公園でしか遊ぶことのできない子供のことを、あなたは知っていますか。

私は先日、あるドキュメンタリー番組を見てひどく考えてしまいました。それはある特殊な病気を持った姉妹のお話でした（その病名はよくわからなくなってしまいました）。その姉妹の病気は日光に当てては絶対にいけない病気なのです。そして長くても、二十歳ぐらいまでしか生きることのできない病気です。

彼女たちはどう生きたらよいのでしょう。まだ彼女たちは五、六歳です。これからたくさんの経験を積まなくてはなりません。彼女らの母親は、とても強い心を持っていて、なんとか病気の治療が開発するまで、なんとしてでも子供を守り、育てていこうとする信念を持っている人でした。とてもすばらしい人だと思います。

彼女たちの父は、子供たちの友として夜の公園で遊びます。彼女たちの生活を第一としている家庭生活です。苦しいことや、悲しいこと、たくさんの苦難があるのでしょう。

でも私は、がんばってほしいと願います。それは、その家族には強い絆があり、大きな希望に満ちています。生きることを最大限に有効に生きること、それが、私たちが生きる意味ではないでしょうか。

私もたくさんの経験を積み、そしてさまざまの人々に出会ってゆこうと思うのです。

病院

私の家から徒歩で行かれるところに総合病院があります。

私は先日、親知らずを抜かなくてはいけなくて、口腔外科とゆう所へ行きました。

病院とは空気が独特です。たくさんの人が訪れていて、たくさんの人々が働いています。私が気になったのは、そこに来ているたくさんの老人の人達の表情です。ある人は友の見舞いに来ている腰のまがりかけている人、また、通院仲間と楽しくおしゃべりを楽しんでいる人たち。緊張した顔で一人ベンチに腰かけている人もいます。たくさんの人が、じぶんの体に故障を持ち、病院に来ているのです。私もその一人ですから、すこし心細い気持ちでした。今私は若い者のうちに入りますが、成人、老人と成長するにしたがってどんどん体は無理がきかなくなるのでしょう。体の具合が悪いと何もしたくなくなり、無気力になります。そんな状態に苦しんでいる人が、病院にはたくさんいます。でも一生懸命生きている人の顔もたくさん見ることができました。病院にはたくさんの人々、年齢層もさまざまで、育ちも環境も全然ちがう人が、同じ建物に生活している。とても緊張感のある空間だと深く感じました。

病院は、命にかかわりの深い職場です。看護婦さんはいそがしくても、やさしく接してくれますが、きっととても気を使っているのでしょう。とても重要で大変で、責任のある仕事だと感じました。今、看護婦さんが不足しているそうです。病院側からの待遇があまりよくないので、人気が落ちているそうです。病気になれば大変お世話になり、その重要性がよくわかります。国が援助して、お給料を仕事内容に応じてアップするべきだと思います。病院は二十四時間体制で、私たちの不意の事故にまでそなえていてくれます。

これから先、何が起こるか分かりません。いつ入院しなければならなくなるかもしれません。入院している人をかわいそうだなと、今まで見ていたけれど、生きる希望を持ってがんばっている人達が病院にはたくさんいました。

私もがんばらなくてはと、逆に力がわいてきました。

サルの世界

今年はサル年です。お正月から何かとサルの話題がつきません。昨日もテレビをつけると、野生の日本ザルの特集のドキュメント番組が放送されていました。日本ザルは天然記念動物に指定されているそうです。そのため人間が観察して保護しているそうです。でもその観察の記録は大変おもしろいものです。

サルたちは一頭のボスを中心とした集団生活を送っています。そして時には、人間たちの畑をあらしまわったりします。人間がサルをおそわないことを知っているので、人間の鉄砲の音にもびっくりしません。サルは人間に似ているだけあって、さすが頭が良いようです。サルたちは、森のおいしい実や人間の作ったおいしくされた野菜などバランスよく食べているそうです。おなかの調子を整えるためにミネラルたっぷりの土を食べたりもするそうです。人間のように薬にたよらなくても、自然の健康法を知っているのです。

一つのサルの集団はボスのシャチを中心に生活しています。シャチがある日、寝所を変えるために移動を始めました。でも気がつくと隣の集団の領域に入ってしまっていました。そこで衝突がおき、シャチの集団は逃げました。みんな懸命に逃げたので、その年に生まれたばかりの二頭の赤ちゃんのサルがいなくなってしまいました。でもサルは自分の子供を一週間見ないと忘れてしまうそうです。

そしてまた普通の生活を送りはじめました。ところがいなくなったうちの一頭のモモは生きていたのです。モモは衝突した集団の四歳になるサルに育てられていたのです。でもモモはけがをしていたので、観察班が保護しました。そしてモモがすっかり元気になると、元の集団に戻してやろうとゆうことになりました。でも、モモの母親はモモのことを思い出しません。モモが一人おくれをとると、ボスのシャチは気づかい、モモを待つのですが、それでもモモは一人集団からはなれてしまいました。まだ生後六か月のモモが、一人で生きることをすでに覚えてしまったのです。そんなモモが、数か月するとあの四才のサルといっしょに生活しているではありませんか。自分の子供ではなくても、そのサルはモモを愛してかわいがっているように見えます。動物であるサルにも、とても広くてあたたかい心があるのだと、心を打たれました。

最近では、サルをペットとして飼う人もいるようです。より人間に近い動物で私たちのことを理解してくれるのでしょう。私たちが愛情をこめてかわいがってやると、その恩を忠実に信じてくれる。それはネコやイヌでも同じことです。野生のサルたちには、野生のサルたちのすばらしい生き方があります。人間のペットたちも、私たちがかわいがってあげれば、楽しく生きることができると思います。その代わり一度ペットにしたら、死ぬまで世話をしてあげなければなりません。ペットたちはもう二度と野生には戻れないからです。

野生のサルたちの生き生きとした生活を見て、うちの家のネコや犬たちにも日常たくさんのドラマがあるのだろうと感じました。そして、動物の心の豊かさを知って、私もたくさんの動物たちを愛してみようと思いました。

留学生

今、私たちのクラスに二人の留学生が来ています。黒い髪のケリーは、背が高くて私たちと同じ十七歳です。もう一人は赤毛のフランツです。二人ともオーストラリアから来たそうです。オーストラリアでは日本語がなかなか人気があるそうです。私たちも、あの広くて豊かな国、オーストラリアにはとても興味があります。

私も高一の夏休みを利用して、イギリスでホームステイを体験しました。あまり準備をせずに行った私は、いきなりのむこうの生活に驚くばかりでした。家の構造から、のんびりした田舎生活、私にはとても新鮮に見えました。

でも二週間とちょっとの生活はあっという間に過ぎてしまいました。私は何を吸収して帰ってきたのだろう？　私の英語（会話）は上達したのだろうか、今になって考えます。その二週間だけで、大きな成長は叶えられませんでした。でも日本を離れ、外国で生活したことはとても良い経験となりました。

　私は今まで日本を中心に考え、物事を見てきましたが、イギリスでは英国人の習慣があり、イギリスを中心に社会が成り立っているのです。むこうにいるときは、ほとんど日本のニュースは入ってきません。日本とゆう国は、世界から見たら何百ある国のうちの一つにすぎないのだと感じました。

　そして、教育制度の違いを感じました。イギリスの学生たちは最低三か国語ぐらいを勉強しています。フランス語やドイツ語を学び隣の国とコミュニケーションできることはすばらしいと思います。

　日本は国境を越えればすぐに異国とゆうわけにはいきません。

　ほかの国の文化や言語について理解を深め、影響を受けるのには不利であるといえます。でも現在では、日本を学ぼうとたくさんの留学生たちが日本を訪れています。私たちはその人たちを通じてもたくさんのことを学ぶことができます。うちのクラスのケリーは、法律にとても詳しいので、「なんでそんなに詳しいの?」と尋ねたら、将来法律家になりたいのと言っていました。テストや受験に追われるように勉強している私たちと、どこか違うなと感じました。私には目前のことしか見えない状態にあるように思います。

　私も自分の将来についてよく考え、テストだけに惑わされない、自分の勉強をしていこうと思います。そうしなければ、テストが終わってしまったら、私の頭には何も残らないような気がするからです。

　私も外国へ行きたい、留学したいとゆう願望はたくさんあります。世界中のたくさんの国々がとても興味深く見えるのです。アメリカの明るさが楽しそうだな、中国はなんて広くて、不思議な歴史があるのだろう、カナダは何て美しいの、などとても魅力的です。

　でも日本にもいいものがたくさんあるなと気が付くのです。毎日慣れ親しみすぎてしまって、気が付かないことがたくさんあります。たとえば、おふろ、寒い日に体のしんからあたたまる。そんな入り方をするのは日本だけでしょう。それに畳も気持ちの良いものです。家の中までくつの生活の人々にない、落ち着きがあります。日本の伝統的な器や、浮世絵などの色使いもとても鮮やかです。そんな色使いはモダンな物と調和させても、すばらしいのではないかと思います。それに食べ物でも、日本食はいい所がたくさんあります。ご飯は毎日食べても絶対に飽きることはないし、何とでもよく合います。しょうゆ、みそなどによる味つけも、私たち日本人にはなくてはならない味です。そして日本には、グルメ嗜好のおかげでさまざまな外国の料理を楽しむこともできます。なんだか私はずいぶん日本びいきのようです。でも日本のイヤだなと思う所もたくさんあります。

私がこんなに日本について好きな点、嫌いな点を発見することができたのは、ホームステイの経験からも大きな影響を受けていると思います。これから先、留学生を迎えたり、自分でいろいろな国を訪れる機会があったらいいなと思っています。

病める丘

私は最近、本を読むことが好きになりました。日常いろいろな事を考えるので、いつもあらゆる事を考えてしまいます。でも活字を追っていると、そのことしか頭になくなっています。その場面へとのめりこんでしまうのです。昨日読み終えた本がありますその本は原田康子著の『病める丘』です。現実性があるのに、私の身近にはないストーリーにとても心ひかれました。

その内容をすこし簡単に書いてみます。主人公の敬子には友田立平とゆう恋人がいました。でもそんな日常にはない恋をしたくなってしまったのです。そして、見た目がとてもすてきな人と恋に落ちました。その人は妻がいる人です。敬子はそんな公にはできない秘密の恋を楽しんでいました。友田立平は、帰りの遅い敬子を毎日のように彼女の家まで行って待っていました。そんな彼を敬子は避けるようになっていました。

　そんなことが続くと、敬子の母はかわいそうな彼をなぐさめるようになりました。でも悲しみの心を持っているのは母親の方も同じでした。夫は浮気をしていたのです。そんな毎日が続いたある日、もう取り返しのつかない日が来てしまったのです。母親と彼との失踪でした。母はその日以来丘の家を去りました。そして弟も北海道の大学に通うようになり、家を離れました。そして、父・娘の二人きりのひっそりした生活が始まりました。二人は、過去の傷に触れぬようひっそりと暮らしました。

　あの事件より三年が経ちました。そしてその生活がおびやかされる時が来ました。父の会社の経営が傾き、丘の家を離れなければならなくなったのです。その時、敬子は家の買い手が父の浮気相手の夫、園部亮三であると知ります。でもなぜか敬子はその男と二か月の約束でつきあうことになります。そしてついにその男を愛してしまいます。父は何もかもを失い、誇りすら失った状態にありました。そのことを知った父は、行方不明になってしまいました。父にはもう生きてゆくことができなかったのでしょう。

なんだかあらすじを追ってしまって、小説のおもしろさは伝わらなかった気がします。でもこの家族のつながりを想像してみると、きっとみんな興味をそそられると思います。父が続けた十三年間の浮気を軸として、さまざまの関係ができあがってしまったのです。園部亮三は、妻の浮気相手の娘だからつきあおうとして、本当の愛を見つけてしまう。世の中は皮肉なものだと思います。父は結局死を選んでしまいました。敬子はそうなることをうすうす予期しながら、自分の生き方を変えることができませんでした。そして、過去をふり返り後悔しても、今となっては何も変えることはできなくなっているのです。読みながら、何度も私はもどかしい気持ちになりました。言葉を何度言っても、人の心はそう動かせるものではないのです。傷ついた心はいつまでも跡が残るのです。

私は、人間の生きるドラマはとても恐ろしいことを生みだすのだと思いました。人生の中にはたくさんの試練があります。人の心は儚《はかな》いものなのです。そんな人間を見るような小説でした。

詩集　萩原朔太郎

およぐひと

およぐひとのからだはななめにのびる、
二本の手がながくそろへてひきのばされる、
およぐひとの
心臓（こころ）はくらげのやうにすきとほる、
およぐひとの瞳は
つりがねのひびきをききつつ、
およぐひとのたましひは
水のうへの月をみる。

猫

まつくろけの猫が二匹、
なやましいよるの屋根のうへで、
ぴんとたてた尻尾のさきから、
いとのやうなみかづきがかすんでゐる。
「おわあ、こんばんは」
「おわあ、こんばんは」
「おぎやあ、おぎやあ、おぎやあ」
「おわああ、ここの家の主人は病気です」

見知らぬ犬

この見も知らぬ犬が私のあとをついてくる、
みすぼらしい、後足でびつこをひいてゐる不具《かたわ》の犬のかげだ。

ああ、わたしはどこへ行くのか知らない、
わたしのゆく道路の方角では、
長屋の屋根がべらべらと風にふかれてゐる、
道ばたの陰気な空地では、
ひからびた草の葉つぱがしなしなとほそくうごいて居る。

ああ、わたしはどこへ行くのか知らない、

おほきな、いきもののような月が、ぼんやりと行手に浮んでゐる、
さうして背後《うしろ》のさびしい往来では、
犬のほそながい尻尾の先が地べたの上をひきづつて居る。

ああ、どこまでも、どこまでも、
この見も知らぬ犬が私のあとをついてくる、
きたならしい地べたを這ひまわつて、
わたしの背後《うしろ》で後足をひきづつてゐる病気の犬だ、
とほく、ながく、かなしげにおびえながら、
さびしい空の月に向つて遠白く吠えるふしあはせの犬のかげだ。

金魚

金魚のうろこは赤けれども、
その目のいろのさびしさ。
さくらの花はさきてほころべども、
かくばかり
なげきの淵に身をなげすてたる我の悲しさ。

月夜

重たいおほきな羽をばたばたして
ああなんといふ弱弱しい心臓の所有者だ。
花瓦斯のやうな明るい月夜に
白くながれてゆく生物の群をみよ
そのしづかな方角をみよ
この生物のもつひとつのせつなる情緒をみよ
あかるい花瓦斯のような月夜に
ああ　なんといふ悲しげな　いぢらしい蝶類の騒擾だ。

〈感想〉

私の気に入った詩をいくつかあげてみました。そして、萩原朔太郎とゆう人がどうゆう人であるのか、詩集の後ろに付いている解説を参考にまとめてみようと思います。

近代日本の天性の詩人があるか、近代日本に純粋と称し得る詩人があるか、近代日本の性情そのものに根ざす詩人らしい尖鋭の詩人があるか、と聞かれたら、まず萩原朔太郎といえるだろう。彼の存在はそのものが詩であった。彼は俗念に遠く、俗事にうとく、詩の本質とその表現とに生涯を埋めた。彼の詩は蒼く深く、また、すさまじく美しく、日本語の能力を大きくした。

そして、彼の青年期の様子には、異例なことばかりだった。朔太郎は学校をなかなか進級できず、転校を続けるとゆう足ぶみ状態であった。成績は平均点七十九・一であり優良であったが、出席不足のため留年を重ねていた。

当時の小文によると、「文学にはあまり興味がなく、宇宙論や宗教論について書いたり、友人と盛んに道徳や法律について議論をかわしたりして、自ら小哲学者をもって任じて居た」という。そして「一学期〝線〟についてのみ考える」という異常な哲学癖が現れている。中学高校時代における哲学癖は「月に吠える」の特異なイメージにも窺えるようである。朔太郎の詩には、とても悲しく、張りつめた空間的世界を感じます。「見知らぬ犬」を読んだ時、本当に犬がいるのだろうかと考えてしまいました。

影の姿で書かれている犬は、本当にいるのか？　ある人間が自分のさびしさのために、一匹の犬を造りだしたように思えました。犬は忠実な動物です。主人を裏切りはしない。さびしい人間は自分自身の犬を哀れむ。「猫」はなんだかとても気に入りました。猫がなやんでいる姿は一度も見たことがありません。そんな猫の様子はユーモアがあっていいと思います。

うちにいる猫は、毎日気ままに寝てばかりいますが、もしかしたら、私たちの噂をしているのかもしれません。朔太郎の詩は、彼が目にしたものを、彼の鋭い洞察力によって、しっかりととらえていると思います。日常生活に常にあるものでも、彼の心がそれをとらえると、一つの詩が生まれてくるような気がします。

彼の生活は、決して穏やかなものではなかったようです。彼は自分の作品を批評されるのを怯えたそうです。作品の中で自分を表現することができるのに、日々の生活とはなかなか上手につきあえない人のようでした。そんな彼の作品は、人生の全てだったのがよく分かるような気がします。

受験に向って

この間、田所先生が朝の礼拝に来ました。田所先生は、高三の学年主任であり、今一番重要な時期を迎えているそうです。二百名の生徒の進路を決定させなければならない立場からのお話を聞くことができました。

この時期、受験を目の前に控えあせりをともなう生徒と、マイペースに自分の目標に向ってわき目もふらずに突進できる生徒に分かれるようです。そして、成功できる人というのは後者の人なのだそうです。受験前にあせり悩むタイプは、大きく分けて二つあるそうです。一つは、周囲の目を気にするタイプです。もしあの学校に落ちたら、みんなはどんな目で私を見るのだろうと不安を抱くのです。そのことの方が悩みとなり、勉強が手につかなくなるのです。そしてもう一方のタイプは、自分の希望がどんどん高くなってしまう人です。

その原因は、親の子供への期待が大きすぎることにあるようです。親が程度の高い学校への入学を希望することによって、子供は自分には能力があると勘ちがいをし、実力以上の学校を受験してしまうのです。田所先生のお子さんも受験を控えているそうです。

「おまえはいつから有名になったのだ。おまえがどこに受かり、どこに落ちたかなんて、周りの人はそんなに気にはしていないのだぞ。人はみな自分のことで頭がいっぱいなのだぞ」その言葉は、そのまま私の心にも伝わりました。私も周囲の受験熱が強いためか、周囲の目が気になっていました。でも自分が思う程、全ての人が自分に注目しているわけではないのです。こんな事に心を奪われるのは、おろかな事ですね。

私たちは、これから自分自身の進路に向って歩んでいかなくてはなりません。それには、自分とゆうものをしっかり持たなければいけないと思いました。

苦しい時、それを乗り越えるのは一人です。

定期テストのように、一定な時々、たくさんの友といっしょに「イヤだね」なんて言いながら、がんばってきたのとは違います。これからの一年は、長くもあるようで短いような気がします。受験は、長距離マラソンのようだと思います。コースのなかで、自分のペースを持って走り続けなければなりません。

長い時間の中で、走者の頭には「速く走る」、それしかないのです。そして、それを目標に『ゴール』に向います。マイペースなだけでなく、ゴールに近づくにつれて自分の全力を出しきるために、ラストスパートをかけなければなりません。

私も、完走できるようがんばろうと思います。

英の学校生活

先日ある本を読んでいたら、イギリスの学生たちの生活が書かれていました。とても興味をひかれました。

その学校は、女子教育のパイオニアとして一八五三年に創立された伝統のある学校です。キャリア志向の女の子が多い学校です。英国のパブリックスクールは、男女別学で寄宿舎制の場合が多く、その学校もそうです。女子だけなので、遠慮することなく思い切り実力を発揮させるという方針だそうです。学年は十一～十三歳の低学年、十四～十五歳の高学年、十六～十八歳の最上級生の三つに分かれています。授業は十人程度で、個人レッスンもあるそうです。少人数制はとてもうらやましいです。授業のプログラムも選択制なので、生徒一人一人違うそうです。個性を重視して、それを伸ばしてくれる教育方針なのだそうです。

一日の生活は朝のお祈りの集会後、九時十分から授業がはじまります。国語、ラテン歴史、地理などの普通の科目、美術、音楽、演劇などのアート関係の科目のほか、コンピューターなど、少人数制が基本だそうです。二時間目が終わると、イギリスらしいティータイムになるそうです。校内のカフェテリアに集まってリフレッシュするそうです。その後、三時限目が終わると、ランチは寄宿舎の食堂に食べに帰るそうです。ランチのあとは体育のことが多く、ひと汗かいて夕方には終わる。その後も図書館で自習する人が多いそうです。

学校から歩いて十五分くらいのところに、十二の寄宿舎が点々とあるそうです。生徒は自分たちの寄宿舎をハウスと呼び、共同のリビングでくつろぎながら、共同生活を送るので、ハウス内の団結力がとても強いそうです。低学年のうちは八人部屋ですが、高学年になるにつれ、一、二人部屋になり、勉強しやすい環境になるそうです。

パブリックスクールはスポーツが盛んです。テニス、水泳、ダンス、スカッシュ、ゴルフ、フェンシングなどさまざまです。ここでは、多人数で行われ、冬、夏問わず、楽しまれています。

この学校は進学校であるそうです。この学校を卒業し、いろいろな大学へ進み、仕事をもつようになるそうです。私は、高校時代から自分で自分の勉強を選択し学んでいる、素晴らしい学校だなと思いました。寄宿舎での生活も魅力的だと感じました。うちの学校にはそのような制度はないので、自宅から通っています。家から通うとつい、甘えが出たりしてしまいます。自分のことは、全て自分で責任を持っていて良いと思いました。私も残り一年、良い思い出となる生活を送ろうと思いました。

旬を食べる

私たちの食生活は豊かで、一年中トマトやキュウリなどが手に入る生活を送っています。でも四季の変化に応じて、からだが求める野菜を食べることはとてもよいことなのです。それを調べてみました。

春は、アルカリ度の高い食べものと効率の良いカルシウムを摂取することが大切なようです。理想的なものはタケノコです。ワカメやフキといっしょに煮込むと、栄養摂取高が高まります。そして、持久力を高めるためにタンパク質を取りましょう。そして、イライラする気分をしずめるのもタケノコです。春は、血液のカルシウム分が少なくなるので、微熱、頭痛、抜け毛などになりやすくなるのです。でもタケノコを工夫して食べていれば、大丈夫です。

そして春の野菜といえば、七草があります。一月七日に「七草がゆ」を食べるのは、伝統ですね。その中のナズナなどは、ゆでて和え物にしたり、浸し物などにも適しています。ナズナは風邪の予防になるビタミン、貧血を防ぐ葉酸、出血を止めるビタミンKなどの栄養素を含んでいます。そして、見逃してはいけないのがタンポポです。日本だけでなく世界中の国々で食べられています。ビタミン類や良質のカルシウムは肉類などの及ぶところではないと言われています。

夏は成長期です。そして野菜の宝庫でもあります。春に植えた芽が、ちょうど食べ頃になる季節なのです。たとえば、キュウリやウリなどです。じっとり汗ばむ梅雨時から、日ざしのつよい夏にかけて好ましい食べものです。酢をきかせたキュウリは最高です。夏バテをおこして食欲のない時、食べなくてはいけないのがウリ類なのです。高カロリーのスタミナ料理よりウリのペクチンの方が効果的です。ペクチンはでんぷんの消化を助け健胃整腸の作用があります。そして、新しい野菜でとてもおいしいのがオクラです。日本にオクラが入ってきたのは明治五年ごろで、大衆野菜として注目されたのは戦後のことです。鉄及びカルシウムが多くペクチンも豊富なので、これからも新しい料理に使われることでしょう。てんぷら、サラダ、酢みそ和え、いろいろな種類の料理に使うことができます。そして夏から秋にかけては、肝臓や内臓の障害を起こしやすいのでナスを食べましょう。なぜかと言えば、ナスにはコリンとゆう重要な栄養素が含まれているからです。秋ナスは味もとても良く人々にも好まれます。それに、シミ、ソバカス、かぶれ、ふき出ものなどの気になる人は、ピーマンです。トウガラシの甘味品種で、メラニン代謝や脂肪代謝をよくする作用のある美容食です。

夏の暑さのせいで「夏ヤセ」をする人がいます。すこしヤセ気味になり、脂肪分をおとして夏をすごしやすくしているものです。でも秋に向かって回復しなければ疲労のもとになってしまいます。積極的に秋の野菜を食べましょう。まずは、食欲をそそり、夏ヤセを回復するダイコンです。ダイコンは日本中どこでも作られ、生食、漬物、切干しなど幅広い用途があります。また、秋のおいしい野菜と言えば、カボチャでしょう。主成分はでんぷんと糖分が半分ずつ含まれた完全食です。黄色い色素はカロチノイドで、体内でビタミンAの役割をします。ミネラルを含有する比率が良くて、鉄分の効果は造血作用を高め、常食に適しています。種も栄養があるそうです。サトイモもカラダが要求する野菜の一つです。サトイモのムチンは「長寿食」の条件を持っています。

冬の野菜は、地下部の成長ではなく、地下部の貯えにあります。今のように室内暖房のできなかったころ、もっぱら体内暖房を考えて食べたそうです。そして、冬は、青菜の摂取不足が風邪引きの原因になってしまいます。今では、ビタミン剤を製造するまでになっていますが、ビタミンCは薬として服用しても日光浴をしなければ効果がありません。なので新鮮な野菜からとるのが一番です。そこで良いのが深谷ネギです。そしてカブもです。カブはビタミンA、B、Cを含んでいて、体の調子を整えます。活力をつけ、カラダをなめらかに動かす役割をします。そして元気がほしい時に食べるのがホウレンソウです。光を求めて栄養分をためこんでいるホウレンソウは、暑さに弱く、寒さに強い冬の野菜です。ホウレンソウは蓚酸《しゅうさん》とゆう毒があるので、生でジュースなどにするのは禁物です。必ず、ゆでる、炒める、といった調理をしましょう。

そして香りによって食欲をそそる野菜もあります。キクナ「しゅんぎく」です。冬のなべ物には最適です。ビタミンA、Cが豊富な青菜です。そして、もう一つすばらしい野菜、世界中で日本人しか食べないのが、ゴボウです。ゴボウは土の中のミネラルの味と香りを含んでいます。全身が温かくなり、低血圧、冷え性、神経痛、肩こり、など、すばらしい効果があるそうです。

このように、旬を食べる効用を調べてみて、自然の恵みの豊かさを知りました。昔から行われていた調理法や、農作方法には、きちんと裏づけがあるのだなと本当に感心させられます。今の日本人はミネラル（カルシウム、無機栄養素、鉄、カリウム）が不足しているそうです。だから野菜を食べればいいとゆうわけではありません。

ミネラルの含有量は季節によってだいぶちがいます。旬はずれの野菜は栄養の面からでなく、味の面でも淡白になっています。そのことを重視して、野菜を選ぶことが大切だと思いました。

智恵子抄　高村光太郎

もしも智恵子が

もしも智恵子が私といつしよに
岩手の山の源始の息吹《いぶき》に包まれて
いま六月の草木の中にここに居たら、
ゼンマイの綿帽子がもうとれて
キセキレイが井戸に来る山の小屋で
ことしの夏がこれから始まる
洋々とした季節の朝のここに居たら、
智恵子はこの三畳敷きで目を覚まし

両手を伸ばして吹き入るオゾンに身うちを洗ひ
やつぱり二十代の声をあげて
十本一本のマッチをわらい、
杉の枯葉に火をつけて
囲炉裏の鍋《なべ》でうまい茶粥《ちゃがゆ》を煮るでせう。
畑の絹さやゑん豆をもぎつてきて
サファイヤ色の朝の食事に興じるでせう。
もしも智恵子がここに居たら、
奥州南部の山の中の一軒家が
たちまち真空管の機構となつて
無数の強いエレクトロンを飛ばすでせう。

あの頃

人を信じることは人を救う。
かなり不良性のあつたわたくしを
智恵子は頭から信じてかかつた。
いきなり内懐（うちふところ）に飛び込まれて
わたくしは自分の不良性を失つた。
わたくし自身も知らない何ものかが
こんな自分の中にあることを知らされて
わたしはたじろいた。
少しめんくらつて立ちなほり、
智恵子のまじめな純粋な
息をもつかない肉薄に

或日はつと気がついた。
わたくしの眼から珍しい涙がながれ、
わたくしはあらためて智恵子に向つた。
智恵子はにこやかにわたくしを迎え、
その清浄な甘い香りでわたくしを包んだ。
わたくしはその甘美に酔つて一切を忘れた。
わたくしの猛獣性をさえ物ともしない
この天の族なる一女性の不可思議力に
無頼のわたくしは初めて自己の位置を知つた。

あなたはだんだんきれいになる

をんなが付属品をだんだん棄てると
どうしてこんなにきれいになるのか。
年で洗はれたあなたのからだは
無辺際を飛ぶ天の金属。
見えも外聞もてんで歯のたたない
中身ばかりの清冽《せいれつ》な生きものが
生きて動いてさつさつと意慾する。
をんながをんなを取りもどすのは
かうした世紀の修業によるのか。
あなたが黙つて立つてゐると

まことに神の造りしものだ。
時時内心おどろくほど
あなたはだんだんきれいになる。

人生透視

足もとから鳥がたつ
自分の妻が狂気する
自分の着物がぼろぼろになる
照尺距離三千メートル
ああ此の鉄砲は長すぎる

裸形

智恵子の裸形をわたしは恋ふ。
つつましくて満ちてゐて
星宿のやうに森厳で
山脈のやうに波うつて
いつでもうすいミストがかかり、
その造形の瑪瑙質（めなうしつ）に
奥の知れないいつやがあつた。
智恵子の裸形の背中の小さな黒子（ほくろ）まで
わたくしは意味ふかくおぼえてゐて、
今も記憶の歳月にみがかれた

その全存在が明滅する。
わたくしの手でもう一度、
あの造形を生むことは
（以下略）

〈感想〉

私は、智恵子抄とゆう詩集が、高村光太郎の作品であると同時に、智恵子の存在が大部分占めていると感じました。彼女の生前、光太郎は自分の制作した彫刻を何よりも先に彼女にみせ、「一日の制作の終りにも其れを彼女と一緒に検討する事が、此の上もない喜びであった」と語っているそうです。彼女はそれを全幅的に受け入れ、理解し、熱愛したそうです。

彼女の存在が、光太郎の制作意欲を起こす原動力になっていたのです。自分の作ったものを熱愛の眼を持ってくれる人があるという意識ほど、美術家にとって力となるものはないのでしょう。

この詩集一冊の中に、光太郎と智恵子の生活が時の流れとともに書かれています。智恵子は、結婚してから死ぬまで二十四年間、愛と芸術への精進との矛盾に苦しみ、病と闘い生きました。彼女は女子大在学中に油絵を画いていて、その後親の反対を押しきって画家になる決意をしたそうです。

そののち光太郎と出会い、結婚し、両親のもとから別れたアトリエに住み、まったくの裸のまま家庭を持った。彼女の精神病の原因は、芸術への精進と日常生活の営みの間に起こる矛盾である。智恵子は、光太郎に彫刻の仕事を続けさせるために、絹糸を紡いだり、草木染などをしたりしなければならなかったのです。彼女は口に出さなくても、油絵の制作に絶望していたのです。彼女は世間欲というものはなく、ひたむきに芸術と光太郎との愛に生きた人でした。そして、精根つきて倒れてしまったのです。そうして、病院の床の上で息をひきとりました。

私は、智恵子という一人の女性の存在のはかなさを感じますが、一つの信念を失っては生きられなかった彼女の姿が目に浮かびます。もし智恵子が男として生まれていたら、こんなに苦しまなかったのではないかと思います。愛と自分の仕事を平等に考えている智恵子は、とても現代的な自立した女性だと思います。その原因というか理由は、女子大での経験でしょう。以前の日本では、女子の教育は重要視されていなかったのに、女にも学ぶことが認められるように、ようやくなっていったのです。女子大では、自転車に乗ったり、テニスをしたりするといったような活発な娘時代を過ごしました。

私は光太郎の詩を読むと、その中にとても素敵に輝いている智恵子の姿を見ている気がしてします。光太郎にとって智恵子が大切な人であればあるほど、詩の中で生き生きとよみがえります。詩をとおして、私は智恵子という人を知り、興味をそそられ、魅了されてしまいます。

結局、智恵子は病気に侵されてしまいました。病気の間智恵子の心は死んでしまっていたのでしょうか?

私はそうは思いません。

芸術と現実の苦しみの中でも智恵子の愛だけは狂ってはいなかったと思います。入院中の智恵子の切り絵には、生きようとする姿が刻まれていると感じるのです。私は、二人の姿を見ていると絶対天国で結ばれているのに違いないと、信じることができます。

自分の人生に、もう一人の人間が深く関わり、そのためには犠牲をも乗り越えるというのは、すばらしいと思います。

ほかの詩人ではなく、高村光太郎が智恵子のことを歌うからこそ、私たちは心を動かされるのでしょう。

バアバちゃんの土地

曽野綾子

第一章　鶏の鳴く時

〈要約〉

ある秋の初めのこと、海の傍らのセカンドハウスに私はバアバちゃんをつれてきた。湘南の海風は冷たかった。バアバちゃんというのは、四十年くらい前私におっぱいをのませてくれた栗林トメさんという人だった。バアバちゃんは庭に立って、「こんないい土地に芝生なんか植えちゃって……ママさんもったいないじゃないの」と言った。芝生が一番管理がラクだったので、芝生だけにしてあった。庭には、椰子の木が二本あるだけであった。バアバちゃんは本音を言う口調で、「畑をつくればいいのよ。ママさん、あたしがこの家に住んでもいいかしら」と言った。そして、バアバちゃんはこの家に住みつくことになり、管理人のいる別荘をもつとゆう贅沢な境遇が、降って湧いたようにやってきた。

バアバちゃんは土地がいかに作物を作るのに適しているか見極める人で、その土地が畑としていいとなると、どうしてもその土地を耕して種を播きたくなってしまう人だった。セカンドハウスでの生活は車がなければ、何も買いに行くことのできない不便な生活であった。

でもバアバちゃんは、豆腐屋さんと仲良くなり一週間分まとめて届けてもらったり、チャボを飼い、チャボにやる菜っ葉まで植えて収穫したりしていた。だから心配はないのよと言っていた。バアバちゃんは何でも人を安心させるようなことを言う人だった。

その鶏小屋は、寝室のさきに枕の下あたりに寄せて置かれることになった。チャボの夫婦をなるべく冬の寒さから守ってやるためであった。その夜、文字通り「コケコッコー」とけたたましくチャボが鳴いた。まだあたりは真っ暗で、午前二時ちょっと過ぎであった。翌朝、私は新たな発見に胸が躍っていた。ルカによる福音書では、

「ペトロよ、あなたに言っておく、今日鶏が鳴く前に、あなたは三度私を知らないと言うであろう」と予言し、ペトロは宵の口に、「あなたを決して裏切りません」と主に誓っている。でも、わずか五時間か六時間しか経っていないのに主を裏切ったことになるのです。チャボを飼うことでペトロが主を裏切るまでの時間が、二、三時間縮まったことはやはり大きな発見だった。聖書には、偉大な人々ばかりでなく、むしろ私達と似たり寄ったりの卑怯な人物がよく登場しているのです。

バアバちゃんは大福までこまかく切ってチャボたちに与えた。豚のように育てられていた。チャボたちは夕方畑にはなされた。鶏たちはバアバちゃんの始末やで、餌を買わないのを知っているように、こまめに地面の虫をつついて口に運んでいる。私も次第にこういう動物と植物の、自然な、つまり安上がりの関係こそ理想だと思うようになり始めていた。

「ママさん、この間漁師さんが沖で漁をしていると、うちのチャボの声が実によく透るとほめて下さいましたよ」

バアバちゃんはちょっと鶏の自慢をした。

〈感想〉

バアバちゃんの言うことはもっとものことばかりです。種をたくさん播けば、たくさんの芽が出てくること、一番の基本ではないでしょうか。種は自分で生きる力を持っています。芽を出し、葉をしげらせ、実をつける、という自分の生き方をきちんと知っています。でも外界からのさまざまな敵から自分を守ることは知りません。強いものは弱いものを押しつぶして生きて行くことができる。野生の世界に生きているのです。もし、私たちが種を植え、水をやり、たくさんの実りを期待しているのなら、私たちにたくさんの責任が生まれてくるのです。毎日水をやり、雑草を取り、寒さから守ってやり、栄養をあげたりと、私たちは心から育ててやるとします。すると、すばらしい収穫があることでしょう。

物ごとは何でもそうでしょう。始めなければ何も起こらず。責任を持っていなければ、成功はしないはずです。私達もたくさんの種を持っています。毎日、怠ってはいけないのです。まず種を播くことから始め、あせらず、ゆっくり育てていけばいいと思います。

第二章　菜っぱのカクテル

〈要約〉

私は作家でそのころ心理的、主観的に非常に忙しかった。私は何も手伝わなかった。でも何も手伝わないと言っても、私は横目でちらりちらりとバアバちゃんのやることを見てはいたのである。

畑を育てることの大切な栄養は、深耕、日照、通風、肥料、そして水だという当然だと言えば当然のことを、私は間もなく肌で感じるようになった。これは人間がまっとうに暮らすためのものと、全く同じではないか。

私たちは人間として、何かに深く根を下ろしていなければ生きることはむずかしい。その国や郷土の文化になじみ、その国の人としてみごとな生き方をするべきであろう。『郷土』と呼べる土地を好きになる。これが土の深耕にあたるような気がする。

人間は物があれば生きられるというものではない。どうも『愛』というものがなければ生きてはいけないようである。植物に必要な日照は、それと極めてよく似ていた。通風というのは、人間の世界に翻訳すると、愛と共にこの上なく大切な、魂の自由さを指すことのように思われた。現実に共産圏の生活はまさに風通しの悪い物であろう。広い意味で世界からいい評判を受けたいという『求愛』の精神を持つとき、人間の精神は硬直し、通風の悪い環境に置かれていることになる。

私たちの生活の中で、心の肥料は求めさえすればいくらでもあります。本、知的好奇心を満足させてくれるさまざまの機会、旅行、出会った人たちすべてを尊敬して接すること……。それはすべて肥料なのです。

水。水はなんとゆう恵みだろう。水が不足すれば、「お前が飲んで生き残るか、それともお前の水を奪って僕が生き延びるか」という手のものなのだ。

バアバちゃんは西瓜こそ作らなかったが、私が信じられないようなさまざまな物を作り始めた。「ママさん、植えときゃ、いつか食べられるようになるのよ。急がなくてもいいんですよ。だけど植えとかなきゃ、いつまでたっても生えないんですからさ。あたしは植えておくことにしたのよ」バアバちゃんは自分に言い聞かせるように言った。

「ママさん、私は昔からうんとおいしいものについてるの」

私もこの海の家にバアバちゃんが来てから、おいしいもののついて回る家だと感じるようになっていた。バアバちゃんは、自分では決してそれだけの働きはないのだけれど、運がいいおかげで、何となくおいしいものを食べてきたのだという感じだった。しかし、そんなことはない。バアバちゃん自身には太陽の暖かさがある。バアバちゃんの傍らにいると、ゆったりとしたおおらかな気持ちになる。だから、バアバちゃんの周囲にはおいしいものが集まってくるのだ。

バアバちゃんのすることはおもしろい。種箱の底にこぼれた何種類かの菜っ葉の種を、もったいないと言って、一緒に播いてしまうことだった。当然採れた菜っ葉は、野沢菜、小松菜、ナントカ菜の混ざったものという具合に、菜っぱのカクテルになる。しかし感心することは、菜っぱは必ず本来の姿で生えてくることだった。隣の奥さんが毛皮のコートをかったら、自分も、と思い、その結果、狐が二匹連なって歩くみたいになるというような節操のない生き方を、菜っぱたちはしないのであった。

〈感想〉

人間はさまざまな知識を身につけたことによって、人間本来の生き方が理解できていないのだと思った。それに人間にはたくさんの問いが生じてくる。その一つ一つに、私たちは自分でどちらが正しいか、どうしたらよいかを判断しなければなりません。植物は自分の能力を知っていて、何をするべきか考えなくても素直に育っていきます。でも植物は、基本の五つの要素なしでは決して生きてはいけません。人間も根本的に同じではないでしょうか。私たちには、土が必要です。生活の土台となるものです。日の光のない植物は栄養失調といった所で、生きているといえるでしょうか。愛に渇いた心は、きっと叫んでいるはずです。それを内に閉じ込めていてはいけません。通風をよくし、肥料を吸収して、自分の生活をすこしでも良くする努力が必要です。私たちも、この五つの基本をきちんと取り毎日を送ることによって、自分が何をしたいのか、どう生きるべきかを発見することでしょう。自分には日の光があたらない、と落ち込む前に、他の人を光で照らしてあげようとする生きる心が大切です。植物は人間が育ててあげる植物でしかありません。でも、人間は自分で生きるものなのです。

犬や猫を飼っている人は多いですね。動物たちは、飼い主に似ると言われるように、愛情の分だけ素直に成長します。それは楽しいことです。動物たちが、家族や友のように感じます。でも、動物は本来そんな感情を持っていたのでしょうか。きっと私たち人間の影響をうけたのにちがいありません。

人間は動物や植物よりおおきな能力を持っているのでしょう。そのおかげで、欲とか見栄とかいうまぎらわしい感情までもっています。でも時には、自然に戻る気持ちをもって、素直に生きてみようとすることが必要だと思いました。

第三章　海の黄昏

〈要約〉

私は、バアバちゃんのおかげで、こと畑に関することに限り、けっこう知ったかぶりができるようになっていた。もっとも、バアバちゃんの知識も必ずしも正確なものばかりではなかった。たとえば、「アワビの殻の光る方をこっちに向けて鶏小屋に吊るしておくと、猫が来なくなる」とか、「こういう栗は二粒ずつ播いてやるものなのよ。その時は必ず中栗と外側の栗を、一緒にして埋めてやるものなの」根拠は分からなかったが、言う通りにしながら、ロマンチックな感じ以上の根拠はなさそうな気がしていた。

その頃、私は少し視力に変化を感じていた。「ねえ、三戸浜の照明器具、換えようかしら。家の中が暗いのよ」「そうかな僕は特に暗いとは思わないけど」。人間は、誰もが自分と同じ光景や物を見ていると思っているが、実は果たしてそうかどうかは分からないのです。

世の中が暗いと感じることは、生きながら少しずつ埋められていく、この閉所恐怖と確実につながりを持っている。私はいつか自分が盲目になるような気がしていた。

しかし、私のこんな予感の苦しみなど吹っ飛ぶようなことが起きた。バアバちゃんのお気に入りの娘の友枝さんのご主人という人が、急死したことを知らされたのだった。世界中のどれだけの夫婦が、成功した結婚生活と引きかえに、配偶者を失う悲しみを味わうことか。仲の悪い夫婦は地獄のような毎日を耐える代わりに、死別によって思いがけない解放を贈られる。もしほんとうに仲の悪い夫婦ならである。人間の客観的な運命は決して平等ではない。と私は言い続けてきたが、もしかすると、主観的な幸福の絶対量だけは、誰もが同じだけ計り与えられているのではないかと思う時はあった。

私は友枝さんに、今は大切な人を失った喪失感で動転している時期なのだから、将来の大切なことを今すぐ決定するのはやめてちょうだいと言った。リン・ケインというアメリカのジャーナリストが夫を失った前後の記録、『未亡人』にこのように書いてあった。その一つは、大きな運命に遭った時、人間は決して直ちに重大な判断をしてはいけないとゆうことだった。夫を失うというような補填しがたい喪失を体験した時、人間は慌てて何か次のステップを踏み出して、自分を建て直そうとする。しかし、平静を失っている時に、正当な判断ができるわけがない。少なくとも一年くらいは、人は悲しみと疲労で傷ついた体と心を休め、その傷の痛みが少し和らいだ時になって、初めてこれから先の生涯を、亡くなった人が喜んでくれるような形に編成するべきだと言うのである。

　バアバちゃんは今年の秋、心臓の発作で倒れた。顔などはつやつやと張り切っていても七十歳を過ぎていた。バアバちゃんは、友枝が「自分のところで様子をみたらと言ってくれるから、少し帰ってまた元気になったら戻ってきますよ」と言った。私もその方が安心できた。これも時が決めてくれたことだ。自立心の強いバアバちゃんが何ごとも起きなかったら、決して『友枝の家』になど帰りはしない。また友枝さんにしても、夫を失ったからと言って、実母がその存在の代わりを務められるものでもない。しかし今、本当にごく自然な状態で、この母子は一緒に住むべき時にきているように思えた。私がバアバちゃんあなたは幸せよと言うと、「そうなのよママさん、私はうんと幸せなの、友枝は亭主が死んで可哀そうなことしたけれど、とにかくおかげさんで、仕事もあるし食べるにも困らないし、気楽に暮らせるんです」と言った。

〈感想〉

人間は一人ずつ本当に異なって造られているんだと思った。顔の見た目が一人ずつちがっているように、視力や心臓の強さ、胃腸の体質までことごとく違うのです。そして私が病気をするといつも思うことがあります。なんで私だけ寝てなくちゃいけないの？　特に楽しい予定があった時や、ここぞと勉強をしなければいけない時に限って、風邪をひくように思います。

作者である綾子さんも目に幼い時から障害があったそうです。自分が暗く感じるのに本当はそうではない。原因は機械にあるのではなく自分の眼にある。なんだか自分だけ差別されたような孤独になります。他人より自分が劣っているから、そんな気持ちを味わうことになるのです。

もしすべての人間の視力が弱いというものなら、そんな思いは起こりもしないでしょう。そのことがコンプレックスになる人も少なくないでしょう。私は背が高いのでよくわかりませんが、小さいというだけで自分が見下される気がする。自信が持てないという人もいるようです。自分の短所は、やたらと自分の眼につくものです。私もたくさんのコンプレックスをかかえています。でも短所は伸ばすものではありません。縮めるものです。もっと自分の長所を探し、もっと伸ばしてやることが大切でしょう。

綾子さんの作品には『死』がテーマとなるものがよくあります。それまで死は終わり以外のなにものでもない。死は暗くて、悲しみの象徴であると長い間考えていました。それ以外のイメージも浮かびませんでした。でも『死』を全ての人が通らずには走り終えることのできない、最終目標地点とするなら、考えはがらっと変わります。私たちは死への到着を望んでいるとは言えなくても、それを恐れることはないと思います。死を予期してびくびくしたくはありません。そしてその必要もないのです。でも大切な人がこの世から去ってしまうことは、やはり悲しい事ですね。私は自分の死よりも、なんだかやりきれない思いが残ることでしょう。

それに、人生は『運命』とゆう不思議なものに左右されていると考えるしかありません。私はなぜ生きているのだろう？　と深く考えてみても、それが運命なのでしょう。リン・ケインさんが言っているように、何かが起こるとすぐ次のステップの事を頭で考えてしまいます。でもすぐに解決があるとは限らないのです。また、懸命に考えようとしても、考えられない頭の状態である時もあるようです。そんな人間の心理を知っているということは、大変良いと思います。判断をするときには、今、自分の心がどのような状態にあるのか確かめるべきでしょう。

　でも自分がその事を考えずにいられない時は、いろいろ考えてみるのもよいでしょう。

のぞき見する子等

ランボー

もやとざす雪中に影黒々と
明るく灯る風抜窓の前、
　　円陣にお尻ならべて、

ひざついて五人の小童……おお、いじらしや……
うっとり見とれる、内部でパン屋が
　　大ぶりなかちんのパンを焼く手順。

目の前で、強そうな白い腕が
灰色の粘粉こねくり

燃えさかる窯の奥へと抛り込む。
おいしいパンの焼ける音。
パン屋はにんまりほほえんで
昔の小唄ひとくさり。

乳房のように暖かい
風抜窓の赤い息吹を身に浴びて
じっくり五人がうずくまり、身じろぎしない。

どこやらのお夜食用の註文の
菓子パン形に焼きあげた
パンが窯から出る時や、

煤垂れ下がる梁のもと
焼きたてのパンの香りと
　　こおろぎと一緒になって歌う時、

ああ、何とこの風抜窓が命を煽り
ぼろ服の奥の彼等の心臓が
　　恍惚感にひたること、

彼等に元気が出ることよ、
雪辺に被いつつまれた基督たち
　　五人ならんで、

ほんのり赤い鼻面を
窓の格子にすりつけて

口々にぶつくさ言って、
気抜けの態で、お祈りしながら
思いもよらず見つかった
　この天国の光明を、無我夢中、へっぴり腰で
のぞきこむ、おかげでズボンの尻がさけ、
シャツがはみ出て、
　冬の夜風にふるえてる

〈感想〉

　私は、パンの焼ける香りがとても好きです。パリパリしたフランスパン、フワッとしている食パン、たくさんの形や色があります。一時期、フランスパンの焼きたてに

凝ったことがあり、土曜日になると必ず決まった十二時半に、母といっしょにパン屋へ向かいました。

食べものは何だってできたてがおいしいのです。でも今のようなスーパーで何でも買ってしまおうとゆう時代ではなかなか難しいことです。小さい時、母に手をひかれ、次は魚屋さんその隣の八百屋さんに行って、最後に肉屋さんへ行くといったコースを回るのは、楽しいものでした。当時もスーパーはありましたが、今ほど加工食品などの占める割合は少なかったと思います。

家でも、ギョウザは最近作ってはもらえません。手間がかかるし、買うのもけっこうおいしいのよと母は言います。私も買うのも結構おいしいし、と納得させられてしまいます。それに、昔より家もすこしは裕福になったから買うことができるのでしょう。私たちが経済的に豊かになることと、食卓が豊かになることには差があるようです。うちの家族は母の料理が大好きです。安いイワシを洋風にアレンジしたり、スパゲッティは最高です。美食ブームで、有名なレストランを探して、食べ回るのも楽しいことでしょう。でも本当に空腹になったら、食べたいと思うのはフランス料理の華やかに飾られた皿ではなく、焼きたてのこうばしいパンではないでしょうか。日本人なら炊きたての白飯にのりとしょう油をほしがることでしょう。

レ・ミゼラブルの主人公ジャン・バルジャンも、死を逃れるために、たった一つのパンを盗んでしまった。それほど重要な、魅力ある食べものなのです。ランボーの詩の中の少年たちも、その魅力のとりこになってしまっていることでしょう。

子供たちが、ファミコンやマンガに夢中になっている眼より、もらえるはずもないパンを熱中して見ている眼の方が、とてもかわいいなぁと思いました。

雨が空を捨てる日は

作詞・作曲　中島みゆき

雨が空を　捨てる日は
忘れた昔が　戸を叩く
忘れられない　やさしさで
車が着いたと　夢を告げる
　空は風色　溜息《ためいき》模様
　人待ち顔の　店じまい
雨が空を　見限って
あたしの心に　のりかえる
雨が空を　捨てる日は

なおしあきらめる　首飾り
ひとつふたつと　つなげても
必ずおわりが　みあたらない
　空は風色　溜息模様
　人待ち顔の　店じまい
雨が空を　見限って
あたしの心に　降りしきる

　空は風色　溜息模様
　人待ち顔の　店じまい
雨が空を　見限って
あたしの心に　降りしきる

「愛が好きです」中島　みゆき／新潮文庫

〈感想〉

私は、中島みゆきさんとゆう人が、とても不思議な人だと思う。うちの父がどういうわけかファンなのです。ふだんクラシックが大好きで、初めの二、三小節聴くだけで、「ああこれはモーツァルトの何番の何だ」と言い当てるほどの凝りようです。でも、「中島みゆきのコンサートに行こうよ」と私を誘うのです。母は、「私はいやよ、前行った時、みんながさわいでいて、歌なんか聴こえないんだもの」と言う。私は、さっそくCDを聴いてみた。『時代』という曲は、この人のだったんだと思った。なんだか、楽し気なムードとは言いがたいが、すごい人だと思った。ふられた女や、自分からふられようとする女がたくさん出てきた。自分が悪女になれば、彼は私をふることができる。そうすれば、彼は本当に好きな娘のところへ行くことができる。なんとさみしさを通り越してしまった歌だろうと思った。私がこんな立場になったら、こんなことを歌で歌えない。人目に付かないところに、じっと隠しておきたいと思う。この女の人はよっぽど強い人なのではと思った。でも中島みゆきさんの顔写真や本を見ると、なんだかそんな人でもないように思えた。でも、中島みゆきさんは歌手として私たちの悲しみもいっしょに歌ってくれる人のように思えた。そんな歌だから、私たちはふと心をひきよせられてしまうのだろう。

でもうちの父は例外である。待つことがさびしい女の心なんて、全く理解してないんです。だから私は「こうこう、こうだから、この女の人は悲しいんだよ」と説明してあげたら、あーそうだったのかと納得はしていたが、感動はしてないようだった。また、なんでファンなのだろうと疑問になったが、父が言うには、コンサートでは、まるで夜の集会の行われている中で、巫女のような女が叫んでいるのがいいそうである。悲しくてめそめそするのではなく、姉御のような彼女の姿がいいのであろう。

そして、詩の表現がとても好きです。

『人待ち顔の店じまい』あーもうまつのはやめ、帰ろうと心に決めてもなぜか帰れない。それに雨って私も嫌いです。悲しいことを思い出してしまうから、やはり、私は本当に悲しい時には、中島みゆきの歌は聴きたくないと思った。父のように平和な人には、ぴったりなのかもしれない。

貴花田の血脈

貴花田は史上最年少優勝で終わった初場所、賜杯は、この場所限りで引退する土俵の鬼、二子山理事長から、血の通った甥っ子へと手渡された。

二子山理事長は、貴花田の急成長の秘密を「花田家の家系の力じゃないかな」と打ち明けたことがある。貴花田の祖父に当たる宇一郎さん（故人）は草相撲の関脇だった。八十二歳で健在の祖母、きゑさんは、子ども十人を生んだ女丈夫、藤島親方も水泳部に所属し二百メートルバタフライで全国二位、オリンピックの代表の期待となっていた。天性の運動センスのよさと、足腰の強さと、脈々と流れるスポーツ一家の血筋は、貴花田まで三代にわたって受け継がれていたわけだ。

二子山さんは理事長になり、『土俵の正常化』路線をいっそう充実させるため、ひたすら突き進んだ。荒稽古で鳴らした二所ノ関一門で育っただけあって信条は、

「土俵のケガは土俵の砂でなおせ、ちょっとしたケガで休んでいては強くならないし、本当の勝負師になれない」

「お客さんに攻防のある相撲を見せて満足してもらうためにも、稽古量を増やすように」

と訓示するなどまさに土俵の鬼となった。

時には「お前たち、ルールを無視してまで勝ちたいのか」と「待った」の常習犯を名指しで叱りつけ、震え上がらせたこともある。

特に任期があと一年を切ってからは、残された時間を惜しむかのように、「待った」制裁金の導入を決めた。さらに同年秋場所前、

「敢闘精神に欠けた相撲をとった者は、三日間の出場停止にする」と発表。そんな厳しい指導の中から、めきめきと頭角を現してきた優等生が、ほかならぬ貴花田だった。

（「週刊朝日」記事より）

〈感想〉

この文章を読んで一つ思ったことがある。それは敢闘精神に欠けた相撲をとった者は三日間の出場停止にするという、相撲界の理事長のとった方針についてだ。最近の相撲ブームはとてもすごいと思う。でもその活躍が、こんな方針から生まれたものであるのだったら、私は残念に思う。制裁金についても同様だ。本来スポーツ界は厳しい世界である。でも一生懸命に取りくむからこそすばらしいのである。その心を忘れてしまっている力士がいるようでは、相撲の人気が落ちるのはあたりまえだと私は思います。そんな中からも貴花田は優等生だとゆうのではなく、貴花田はそんなレベルではないと私は思う。

あるインタビューで「貴花田関、優勝する自信はありましたか?」との問いに「自信はありませんでしたが、優勝したいとは思いました」と答えていました。

とても貴花田関らしい言葉に、私はすがすがしい気分になった。血脈がいいのもあるでしょうが。この人の信念は根っからのスポーツマンであると思いました。今世紀のスーパースターとして騒がれるのも分かります。

それに、いつもテレビのインタビューなどで「自分の相撲をとりたいです」とはっきりと言っている。確実に一歩一歩、勝ち進んでくる中には自分に負けたくはないという、自分との闘いがあったのでしょう。自分の目標を次々に定めて、それを克服していくのは苦しい厳しいことでしょう。私もバレエをやっていて、「なぜこういう感じになれないのだろう?」と自分を見つめることはとてもつらいことです。先生に注意されなくとも、自分に対する不満で逃げ出したいことはしばしばあります。そんな自己との闘いは決して楽なものではありません。

それをみごとに乗り越え、優勝した貴花田関に心から拍手を贈りたいと思います。

グッドバイ

作詞／渡辺美里　作曲／伊秩弘将

16の頃　ぼくは黒い壁にもたれて
朝も昼も夜も通り過ぎる人達をながめていた
車の流れるような退屈な毎日
17号線を北に向かう最終バスに乗る

別に自由が欲しかったわけじゃない
ポケットの中にこぼれそうなイ・ラ・ダ・チ

暗くなるまでいつもかくれんぼしていた
目をあけてまわりを振り返ると友達はもういない

窓の外には檸檬色の上弦の月
街のあかりがひとつふたつ消えてゆく
バイバイ　グッドバイ　家にはもうもどれない
16 to 17もどれない　Get it on……
プラスチックな世界　君を閉じこめる
ダストシュートの中　翼折られたきみを閉じこめる
ブラウン管の中　作られた笑顔が写る
突然の愛はいつも二人追いつめる
バイバイバイ　グッドバイ　君にはもうもどれない

16 to 17もどれない　Go a way……
窓の外には檸檬色の上弦の月
街のあかりがひとつふたつ消えていく
（以下略）

〈感想〉

私は今十七才です。今までどんなものを失って、そのかわり何を得てきたのだろう。幼い時、当然のようにいつも持っていたものがある。それは『かさぶた』です。なんだか久しく聞いていない言葉ですね。ではなぜ今はかさぶたができないのだろうと考えてしまいました。その理由は簡単『転ばなくなった』からです。子供は頭が大きく三頭身の体つきをしているからでしょうか？　それとも毎日、土まみれ、砂だらけになる遊びをしなくなったからでしょうか。

幼い頃、近所の子供みんなと仲よしで、町内をかけめぐっていたのがなつかしい。今では顔さえも見かけません。本当にみんなこの町に住んでいるのかなあ。今の私は、かさぶたを失ってしまったのだから、あの頃の私にはもうもどれないのでしょう。

でも私は、「グッドバイ＝さようなら」なんて言いたくありません。過ぎてしまった過去に一人だけ顔を向けて「さようなら」なんて言ってるのはさびしすぎます。友だちはスタスタ新しい道を走っているのに。だから、楽しい思い出にさよならしようと、過去をずっと見ているんじゃなくて、楽しい思い出はそのままずっといっしょに心の中に、隠しておいて、私もズンズン新しい道を走ろうと思います。そうすれば、老人になっても心は十代のままでいられるでしょう。

「グッドバイ」の中の少年はまるで何かに追われているようです。家、君にはもう戻ることができないのです。都市とゆうものが少年の心を追いつめているのでしょうか。少年以外のだれにも、都市がなぜ少年をそこまで突き放すのか理解できません。自然を知らない少年の心はどんどん孤独になってしまう。帰り道を知らない鳥の、渡り鳥のように。

野田秀樹という人

今一番興味がある人は？　と聞かれたら、私は野田秀樹と答えるでしょう。世間では、知る人ぞ知る一目置かれた存在のようです。でも私が知ったのは一月二十一日です。

私は友だちと「夢の遊眠社」のお芝居を見に行ったのです。ある雑誌を読んでいると、私が一番見たいと思っていた女優さん、毬谷友子さんが出ていました。その内容を読んでみると『桜の森の満開の下』とゆう舞台に出ると書いてありました。彼女の役は夜長姫と鬼の二役、彼女が好きになる男が耳男と書いてありました。さっぱり理解できないけれど見に行こうと決めました。そして、チケットの発売日を三日ぐらい過ぎたころ、「あっ、ぴあに行かなきぁ」と思いたちました。でも、カウンターで「遊眠社の……」と言うと、「あっ、それは完売です」とあっさり。その時、この劇団はものすごく人気なんだと知り、そしてどうしてもチケットをとってやるとゆう気になりました。そして、CNチケットでも断られ、でもセゾンにはあったのです。二階席の右はしから二、三番目。うれしい、やっぱり願いはかなうものなのです。

そうした経過で野田さんのお芝居に出会ったのです。頭を堅くしては見れない。ストーリーを考えては決して見ることのできない舞台です。一度見れば必ずやみつきになるでしょう。私は今年の九月の新作をたのしみにしています。

この舞台のセリフで、

夜長姫　暑い日にね、人を見ているの、みんながしかめっ面をして歩いている。けれど、突然、俄雨が降ると「いやあ、まいった、まいった」って言いながら、ニコニコして雨宿りしているのが見えてくるの。

耳男　それで？

夜長姫　少しもまいってはいないのよ。だのに「まいった、まいった」って言うの。

耳男　なぜでしょう？
夜長姫　それであたし見つけてしまうの。
耳男　なにを？
夜長姫　人は俄雨とか、戦争とか、突然なものが大好きだってこと。

このセリフは一瞬どきっとします。人間の考え方を真後ろからながめているようです。私たちは、戦争は悪いもの、平和を脅かすものであると言いつつ、湾岸戦争の時もそうでしたが、私たちは毎日のようにテレビで、戦争の最前線の様子をテレビゲームのような画面で表してあるのを見ていました。

その心境としては好奇心とゆうものが大きかったように思えます。戦争で天下を取り、君臨する悪の王にはなりたくないとだれもが思いつつも、そうゆうものには見えない人間の本質をとらえていると思います。

この間、野田秀樹さんの出版されているエッセイ集を読みました。世の中の事件を

郵　便　は　が　き

料金受取人払郵便

新宿局承認

1409

差出有効期間
2021年6月
30日まで
（切手不要）

1 6 0-8 7 9 1

1 4 1

東京都新宿区新宿1－10－1

(株)文芸社

愛読者カード係　行

お名前《ふりがな》		明治　大正 昭和　平成　　年生　歳	
ご住所《ふりがな》	□□□-□□□□	性別 男・女	
お電話番号	（書籍ご注文の際に必要です）	ご職業	
E-mail			
ご購読雑誌（複数可）		ご購読新聞 新聞	

最近読んでおもしろかった本や今後、とりあげてほしいテーマをお教えください。

ご自分の研究成果や経験、お考え等を出版してみたいというお気持ちはありますか。

ある　　ない　　内容・テーマ（　　　　　　）

現在完成した作品をお持ちですか。

ある　　ない　　ジャンル・原稿量（　　　　　　）

書　名				
お買上 書　店	都道 府県	市区 郡	書店名	書店
			ご購入日	年　　月　　日

本書をどこでお知りになりましたか?

1.書店店頭　2.知人にすすめられて　3.インターネット(サイト名　　　　　　　　　　　)

4.DMハガキ　5.広告、記事を見て(新聞、雑誌名　　　　　　　　　　　　　　　　　)

上の質問に関連して、ご購入の決め手となったのは?

1.タイトル　2.著者　3.内容　4.カバーデザイン　5.帯

その他ご自由にお書きください。

(　　　　　　　　　　　　　　　　　　　　　　　　　　　　　　　　　　　　　　　)

本書についてのご意見、ご感想をお聞かせください。

①内容について

②カバー、タイトル、帯について

弊社Webサイトからもご意見、ご感想をお寄せいただけます。

ご協力ありがとうございました。

※お寄せいただいたご意見、ご感想は新聞広告等で匿名にて使わせていただくことがあります。

※お客様の個人情報は、小社からの連絡のみに使用します。社外に提供することは一切ありません。

■書籍のご注文は、お近くの書店または、ブックサービス(0120-29-9625)、セブンネットショッピング(http://7net.omni7.jp/)にお申し込み下さい。

さまざまの角度から見られる頭を持っている人だと思った。

私たちが新しい情報を得るために用いる新聞やテレビを、信用しきってはいけないと思いました。新聞社やテレビ局は、私たちの関心のある話題によって、私たちにお金を出させることを目的としているのです。そのためには手段をえらばないのです。私たちはその本質を見抜くことが必要とされているのです。そのために私たちは、世界史や日本史などを学ぶことが大切なのでしょう。

とっておきの朝を

作詞／今井美樹　作曲／山梨鐐平

波の音が囁いて　サ・ラ・サ
空の色に透けて　ウ・フ・フ
あたたかな光が　私だけにおはようのキス

となりでまだ夢見てるあなた「寝顔も素敵ね」
大きめのパジャマの裾おさえて　I kiss you

Ａｈ～こんな風に　ずーっとあなたのそばにいたい

とっておきの朝を二人で感じたい

早く気づいて　……あなた
Ａｈ～目覚めて　おはようの顔になる瞬間に
あなたの大好きなハーモニカの音を　プレゼントしよう　I love you

野生の風

作詞／川村真澄　作曲／筒美京平

ちょうど破り取られた　チケットの文字のように
思い出はもう何も　約束はしないけど
逢うたび変わってた　記憶のスイッチ消さない
最後までそばにいて守れないの
めぐり来る悲しみがわかってても

ほほえんでさよならが言えないから
いつの日か　ひとりきり行くのなら
野生の風吹く日に　今のすべてを捨てて
今のすべてを捨てて

放り投げた林檎を追いかける白い靴
くせのない走りかた
それさえも忘れない
「ゴメン……」と言ったのね
背中でフルート聴くように

坂道にあなただけ　小さくなる
泣かないで　夕暮れに手をあげて
野生の風みたいに　強い心が欲しい

強い心が欲しい
最後まで見つめたいの
めぐり来る悲しみがわかってても
（中略）
泣かないで　夕暮れに手をあげて
最後まで……

オレンジの河

作詞／小林和子　作曲／中原英也

横顔だけで「送るよ」と言うの
激しいワイパーのむこうインターチェンジ　渋滞の灯り

街中　深い海の底

車止めて　時間を忘れて
愛が終わるの　見たかった

さようなら　ともだちでは
苦しいの　本気だったの
オレンジの河は走る
消えては瞬く思い出を　追い越して

土曜日ならば　高速に乗って
最後の海を見たでしょう
幾つの恋が　ここから生まれて
通りを　何処へ流れるの

近くに来た時は　電話して
きっと微笑んでみせるわ
これからは髪のかたち
気にせずに　自由でいいの
ここでいい　飛び出す街
お互い　ひとりの孤独へと帰るのね

さようなら　友だちでは苦しいの
本気だったの
オレンジの河は走る
あなたを追えない哀しみも　流れてく

私は、今井美樹の歌が好きです。なんとゆうか、ゆったりした気分になれて、日曜日の昼下がりという感じです。彼女は、元は mc Sister とゆう雑誌のモデルをしていたのですが、音楽が好きでピアノやエレクトーンを弾くことも上手で、歌手への道を歩むようになったそうです。最近ではＣＭやドラマにも出演して活躍しています。

はっきりとした顔立ち、太いまゆに、スタイルの良さ、彼女は今の流行の人といえます。口が大きくても、真っ赤な口紅をぬり、大きい口をチャームポイントに変えたのはすごいと思います。彼女は、さまざまな歌をうたい、いろいろな彼女を私たちにみせてくれます。これからもどんどん活躍してほしいと思います。

「ガラスのうさぎ」を見て

戦時中は、大変だったと思います。うちの祖父の話を聞いても、「本当に？」と聞き返してしまうようなことがたくさんありました。祖父が軍人として戦地に行き、対戦の練習をしていた時のことです。いきなり敵の軍が、攻撃を始めました。鉄砲の玉がびゅんびゅんと次々に発砲されました。周りのたくさんの人が撃たれ死にました。祖父の頭にも一発が当たりました。もう死んだかと思った時、その玉はヘルメットをつき破り、頭のまわりを一周まわって外へ出たそうです。そのおかげで、祖父は死の瀬戸際を乗り越えることができました。戦地では、死と生がまるでもて遊ばれているかのようです。本当に恐ろしい所です。

死なずに帰った祖父は、元は八百屋でした。戦後は営業できず。仕方がないので『やみ』もやったそうです。私たち国民が生きてゆくためには、その方法しかなかったのです。そのために、責任者として働いていた祖父は、警察に連行されたこともあったそうです。でも、それ以前に、何の事件も起こしておらず前科のなかったおかげで、なんとか帰してもらえたそうです。

　リンゴやミカンの産地から鉄道を使って果物を輸送することは、とても難しいことだったに違いありません。その後、祖父は青果市場をつくり、私たちの食生活をよりよくしてくれました。そして全国青果市場の会長までやっていました。そんな祖父の話は現代では考えられないような、激動の一生だったにちがいありません。戦争を体験した人々はみなそうなのでしょう。

　主人公のとし子も、一人で生きるのはさぞ大変だったことでしょう。全てがお金で動く世の中だと知るには子供だったのでしょう。愛情で育てられるものですよね、子供は。でもそんなとし子はとても強くなりました。生きることしか残されていないとし子は生きるしかなかったのでしょう。幼い心には、たくさんの傷が残されたことでしょう。戦争は二度とおこしてほしくないものです。

（編注＝高木敏子作『ガラスのうさぎ』、NHK「銀河テレビ小説」でテレビドラマ化）

詩篇　第四九篇　旧約聖書

もろもろの民よ　これを聞け
すべて世に住む者よ　耳を傾けよ
低きも高きも　富めるも貧しきも　共に耳を傾けよ
わが口は知恵を語り　わが心は知識を思う。
私は耳をたとえに傾け、
琴を鳴らして、わたしのなぞを解き明かそう、
わたしをしいたげる者の不義が
わたしを取り囲む悩みの日に、
どうして恐れなければならないのか。
彼らはおのが富をたのみ、

そのたからの多いのを誇る人々である。
まことに人はだれも自分をあがなうことはできない、
その命の価を神に払うことはできない
とこしえに生きながらえて
墓を見ないためにその命をあがなうためには、あまりに価高くて、
それを満足に払うことができないからである。

まことに賢い人も死に、
愚かな者も、獣のような者も、ひとしく滅んで、
その富を他人に残すことは人の見るところである
たとい彼らはその地を自分の名をもって呼んでも、
墓こそ彼らのとこしえのすまい
世々彼らのすみかである。

人は栄華のうちに長くとどまることはできない、
滅びうせる獣にひとしい。

これぞ自分をたのむ愚かな者どもの成りゆき、
自分の分け前を喜ぶ者どもの果てである。
彼らは陰府に定められた羊のように
死が彼らを牧するであろう。彼らはまっすぐに墓に下り、
そのかたちは消えうせ
陰府が彼らのすまいとなるであろう。
しかし神がわたしを受けいれられるゆえ、
わたしの魂を陰府の力があがなわれる。
人が富を得るときも、その家の栄えが増し加わるときも、
恐れてはならない。
彼が死ぬときは何ひとつ携え行くことができず、

その栄えも彼に従って下って行くことはないからである。
たとい彼が生きながらえる間、自分を幸福と思っても、
またみずからの幸いな時に、人々から称賛されても、
かれはついにおのれの先祖の仲間に連なる。
彼らは絶えて光を見ることがない。
人は栄華のうちに長くとどまることはできない。
滅び失せる獣にひとしい。

詩篇　第一一五篇　旧約聖書

主よ、栄光をわれらにではなく、
われらにではなく、
あなたのいつくしみと、まことのゆえに、
ただ、み名にのみ帰してください。
なにゆえ、もろもろの国民は言うのでしょう、
「彼らの神はどこにいるのか」と。
われらの神は天にいらせられる。
神はみこころにかなうすべての事を行われる、
彼らの偶像はしろがねと、こがねで、
人の手わざである、

それは口があっても語ることができない。
目があっても見ることができない。
耳があっても聞くことができない。
鼻があってもかぐことができない。
手があっても取ることができない。
足があっても歩くことができない。
また、のどから声を出すこともできない。
これを造る者と、これに信頼する者とは
みな、これと等しい者になる、
イスラエルよ、主に信頼せよ。
主は彼らの助け、彼らの盾である。
アロンの家は、主に信頼せよ。
主は彼らの助け、彼らの盾である。
主を恐れる者よ、主に信頼せよ。

彼らの助け、また彼らの盾である、
主はわれらをみこころにとめられた。
主はわれらの恵み、イスラエルの家を恵み、
アロンの家を恵み、
また、小さい者も、大いなる者も、
主を恐れる者を恵まれる。
どうか、主があなたがたを増し加え、
あなたがたと、あなたがたの子孫とを増し加えられるように。
天地を造られた主によって
あなたがたが恵まれるように。
天は主の天である
しかし地は人の子に与えられた。
死んだ者も、音なき所に下る者も、
主をほめたたえることはない、

しかし、われらは今より、とこしえに至るまで、
主をほめまつるであろう。
主をほめたたえよ。

泣きたかった

作詞／今井美樹　作曲／柿原朱美

突然あふれてきた
とどめなく、あふれてきた
熱い　涙だった
台所の冷たい　床にすわりこんだまま
ずっと　泣いていたわ
心の中にある何かがふっと切れた

気持ちさらけ出す勇気を
閉じこめていたの　もう何年も前に
忘れてしまってた事を　思い出した

泣きたかった
素直にずっと

自信のない自分を
認めるのが怖くて
いつも　目隠ししてた
忙しいふりをして　気がつかないようにしてた
こんな弱さなんて
だけど時は　自然に　自由の鍵をくれた

体の中の毒が　みんな
大きな涙の中に溶けてくすーっと
気持ち開放することを忘れてたの
泣きたかった　ほんとはずっと

Retour

作詞／今井美樹　作曲／柿原朱美

のびやかに体を解き放つ
カーテン越しの朝の太陽
5度目の夏をもう過ごしたの
あいかわらずの一人の部屋の

なんとなく　何かが違う
見えない　何かが

この街の　臭いも
この街の　温度も

この街の　時間も
いつかしみついてしまった

鏡の前に立ってながめてた
前からこんな顔してたかな
ベランダの緑がしおれてた
「おはよう」さえも言ってなかった

なんとなく何かが違う
忘れてた　優しさ

この街の　光りも
この街の　色彩も
気づいたの　自由は

私の腕の中にある

動き始めた　心の歯車
もっともっと

髪を切る　靴を洗う　夢を見る
蘇れもう一度

体中　全てが目覚めていく
変わるよ　今すぐ
明日は　違う私になる

姉

私の姉がロータリークラブの交換留学生としてベルギーに行ってしまってから、もう一年がたちました。先日、父がイタリアに旅行へ行き、姉がイタリアまで行き、父といっしょに旅をしてきました。父の話によると、ものすごく会話が上達しているそうです。

父と姉二人でタクシーに乗った時、旅行客だと思われると、タクシーの運転手は普通よりずっと高い金額を請求してきたそうです。怖かった父は、それより少し安い金額を出しました。すると姉が英語で文句を言いだしたそうです。私はたくましいなあと感心するばかりです。でもあまり出すぎたことをしないで、安全に帰ってきてほしいと私は思うばかりです。

姉は、一年間の外国生活を通じてたくさんのことを学んだようです。姉は二つの家庭にホームステイをしていました。そこには、年老いたおばあちゃんがいたそうです。ほかの家族は少し英語を話せますが、おばあちゃんは全く話せません。現地語であるフラマン語しか話せません。それなので、姉はフラマン語をマスターすることを決意し、ついに今はもう何不自由なく話せるようになりました。フラマン語は日本ではあまり知られていないように、辞書すら売られていません。英語版のものを使っていたようです。家族のみんなの協力もあったようで、一日三十語の単語と熟語の練習をしてくれたそうです。夏には、まだ六才程度しか能力ないのよと言っていたのに、いつの間に成長したのでしょう。姉は一か国語マスターすれば、あとはみんな関連づけてすぐ覚えられると言っています。フランス語のニュースも理解できるようになったといいますし、父は「麻衣子がイタリア人とイタリア語で話していた」と言っていました。

まったくすごい姉だと圧倒されています。三月十四日に帰国予定なのですが、最初に何を言ってくるだろうと心配です。姉は「大学はイギリスに留学したい」と言っています。そのことについても家族会議を開いて、いろいろ話し合いました。日本の大学を卒業してから行きなさいと父は言います。でも行動力や努力やらたくさんのパワフルな力を持っている姉が、どうするかとても考えものです。日本のような、右にならえの国は姉には合わないのです。自分の主張をしっかり持っている姉は、日本ではわがままに見られがちです。でも何ごとにも全力で向かい、やりとげる努力はすばらしいです。日本の、遊びたいから大学へ行く、なんて風潮にはきっとなじめないでしょう。私も姉に会っても、恥ずかしくない自分でいられるようがんばらなくちゃと思います。

姉は私が勉強しなくても「リナはそれでいいの」なんて言っています。私のようにのんびりマイペースに生きられる人を少しうらやましく思っているようです。でも私は姉のような人が好きです。

空に近い週末

作詞／今井美樹　作曲／柿原朱美

週末に
ひとりなんて　久しぶり
椅子をベランダに出した

どれくらい
疲れてたか　いまわかる
陽差し　素肌につもる

Ａｈ～　何もかも見えなくして
ふたりの愛は

悲しみへ　急いでいた

さえぎるもののないキラメキに
ただ帰りたかったの
不思議ね　空が近い

まちがいに
気づいたのに　戻れない
そんな恋　ねえあるのね

遠くから　小さな子が　はしゃぐ声
歌のように聴こえる

Ah～目隠しで　過ぎた時が

残した傷に
こだわりが　いま消えていく

さえぎるものの　ない風景が
胸にまた生まれそう
見上げた　空が近い
不思議ね　空が近い

Oh ～ I'll Never Cry Again
Just Sunshine In My Heart
忘れることは
許すこと　たぶん　そうね

さえぎるものの

ない青空に
あこがれていたんだわ
不思議ね　空が近い
いつもより　空が近い

La la la……

地上に降りるまでの夜

作詞：岩里祐穂　作曲／柿原朱美

ガラスの箱がすべりはじめる
遠いハイウェイも手のひら

見せてあげるわ　輝く街に
あなたとわたしの最後を
ゆるくからめた弱い指が
力をこめていく

涙が　おしよせてくる
奪いとるように唇をふさいだ

海風の音　グラスの光
駐車場で聴いたメロディー
ワイシャツの匂い　時計の響き
初めて抱かれたあの夜の
激しくもっと　もっと抱きしめて
嘘ならば知っている

誰かが世界をとめても
心がはなれても　唇はなさないで
強く揺れあいながら　地上につく頃
苦しみは終わるの
終わるの

うちのおばあちゃん

私のおばあちゃんは今年でもう六十五歳。なのに家中で一番元気です。朝は、六時に起きてさっそく庭に出ます。愛犬のアスパラガスは、夜の間中庭に放してあるので、それをつかまえるのがまず一番目の仕事です。ガスは、足がものすごく速いです。でも、えさにはコロッと弱いので、すぐつかまえることができます。

そのあと庭のまわりを、ペタペタとくまなく歩き回り、雑草は抜き、ゴミははき、草木に水をやります。どんなに寒い日でも、朝おばあちゃんは庭に出ています。そして、八時頃朝食をとり、次は家の中をくまなく歩き回ります。ろうかをおそうじ、布団は毎日ほす。ありとあらゆる所に目を配っています。掃除は大変重労働ですが、とても気持ちのよいものですよね。

その後、お昼にはたくさんのお弁当を作ってお店に通って行きます。お店とゆうのは、おじいちゃんが三代目を受け継いだ八百屋のことです。毎日午後になると、店番をしに大宮駅の近くのお店に行きます。うちの父は、八百屋を継いでいないので、いつまで続くかはおばあちゃん次第で、いやだと時々言ってはいますが、十年、二十年も続けてきたものですから、やめる時はさぞかしさびしいことでしょう。おばあちゃんが持って来てくれるフルーツは最高で、メロンやパパイヤ、びわなど季節を感じさせられます。すこし古くなってしまったイチゴで作るイチゴジャムはなんとも言えない楽しみです。

そんなおばあちゃんには、たくさんの趣味があります。

お花は、先生になるほどの資格まで持っています。日曜日には、盆踊りと、歌、民謡を習っています。時々、テープに録音して練習しているのを見ていると、今の時代に若かったら、カラオケに通い続けるタイプではないかと思われます。そして最近、お茶を始めました。まわりは十年以上のベテランの人ばかりで、一年目のおばあちゃんは少し苦労しています。字の小さい本を読みながら、難しい作法を繰りかえして勉強しています。私は早くおばあちゃんのたててくれたお茶を飲みたいなあと、心待ちにしています。ぱりっと着物を着付けて、お茶会にでかけて行くおばあちゃんは、若いなあと思います。

四年前に、おじいちゃんが亡くなってから、一人でがんばっています。それまで、おじいちゃんやたくさんの子供の世話で大変だった分、今になってとても自由に生きているおばあちゃんは、とても素敵です。口は少々うるさいけれど、健康なのでなによりです。

9月のhometownから

作詞：吉元由美　作曲：杏里

素足に冷たい床の上に
そっと下りれば
子供みたい　あなたの眠る顔
無防備すぎて笑ってしまう

こんな小さな瞬間のつながりを
しあわせと呼ぶのでしょう
夏を惜しむ太陽が
ガラガラ　音を立てる

9月の恋の激しさ通り過ぎて
ふたりは深い愛を見つめあう
この街かど　そしてこの部屋
Hometown は私達が出逢った
I love you
この街角　そしてこの部屋

ガラスの砂　歩くような恋が
夏の私に似合っていたけど

生まれたばかりの朝の陽の匂いを
あなたは感じていた
そっと心　まかせたり
急に自由になった気がしたよ

9月になれば季節は過ぎてゆくよう
いろんな愛を誰もが見送って
Hometown に悲しみをあずけよう　I love you
あなたがほら　ここにいるから　I love you

それから戸棚　ランボー

大きな子供の
　丸々太った白い尻
その子はしゃがんで、白い鼻さき
　茶碗に突っ込む

側には別の鼻面が　くっつくように寄りそって
　やさしい調子の口小言
あげくの果ては可愛い子供の
　顔じゅうぺろぺろなめまわす

黒と赤　椅子のはずれにちょこなんと
—いやな横顔—
焚火を前に婆さんが
糸繰している、

愛する者よ　何と多くがわし等に見えるよ
どんな貧しい茅屋も
よごれた硝子を赤々と
内部の光が照らす時！

それから向こうに
笑って見える
リラに埋もれた小粋な家が
窓を人目にかくすように……

おいでと　おいでよ　ねえお前、わしはお前が好きなんだ
　　きっとすてきに楽しいよ！
来てお呉れるだろう　ねえ、お前、さてその上で……
　　彼女
　　　だって会社はどうするの？

冬の為の夢　ランボー

彼女に
冬、クッションは空色のバラ色の客車に乗って
　　僕等は二人で出かけましょう
さぞ居心地がよいでしょう。ふっくらとした隅々は　一つ一つが

狂おしい接吻の巣になるでしょう。

しかめ面する窓の夕日の影を見ないため
　あなたはお目目を閉ざすでしょう
あの猛悪な人非人、黒い悪鬼と狼の
　寄り集まりの賤民等

やがてあなたは気付くでしょう　頬がひりひりして来たと
軽いキッスが気狂いの蜘蛛ほど走り回るでしょう
　あなたの華奢な襟首を

あなたは僕に言うでしょう、「さがしてよ！」首をかしげて、
二人はゆっくり落ち着いて、この動物を探すでしょう
　―ところかまわずもぐりこむこの動物を。

おませな娘　ランボー

ニスと果物の香に匂う　ある褐色の食堂の
でっかい椅子にのけぞって
名も知れぬベルギー料理の一皿を　どかりと前に
僕は悠々身がまえた

食べながら　時計の音に聴き入った　静かな幸福な気持ちだね
湯気と一緒に料理場の戸口があくと
女中が姿を現わした　何の為やら分らない
肩掛けは　すべり落ちそう　おませに髪は結い上げて

ほんのり紅い白桃の天鵞絨の頬のあたりを
わななく指でなでながら
おぼこさのどこやら残る唇をつんと結んで

側へ来て皿を並べる　僕を気楽にさせようと
さて次にこんな調子で—接吻欲しさの手と知れた—
小さな声で
「触ってみてよ　わたし頬っぺに風邪ひいちゃったらしいのよ……」

最高の塔の歌　ランボー

あらゆるものに縛られた
哀れ空しい青春よ、
気むずかしさが原因で
僕は一生をふいにした。

心と心が熱し合う
時世はついに来ぬものか！

僕は自分に告げました、忘れよう
そして逢わずにいるとしよう

無上の歓喜の予約なぞ
あらずもがなよ、なくもがな。

ひたすらに行いすます世棄びと
その精進を忘れまい

聖母マリヤのお姿以外
あこがれ知らぬつつましい
かくも哀れな魂の
やもめぐらしの憂さつらさ、

童貞女マリヤに
願をかけようか?

僕は我慢に我慢した。
おかげで、一生忘れない。
怖れもそして苦しみも
天高く舞い去った

ところが悪い渇望が
僕の血管を暗くした。

ほったらかしの
牧の草
生えて育って花が咲く
よいもわるいも同じ草

すごいうなりを立てながら

きたない蝿めが寄りたかる。

あらゆるものに縛られた
哀れ空しい青春よ、
気むずかしさが原因で
僕は一生をふいにした。

心と心が熱し合う
時世はついに来ぬものか！

幸福　ランボー

おお、歳月よ、あこがれよ、
誰か心に瑕のなき?
おお、歳月よ、あこがれよ、

われ究めたり魔術もて
万人ののがれも得ざる幸福を。
げにやゴールの鶏の久遠の希望歌うたび
おお、幸福はよみがえる。
けだしやおのれ幸福を求めずなりつ

そを得てしその時よりぞ。

この妙悟、霊肉の二つを領し
一切の労苦は失せつ。

わが言あげに何ン事か人解すべき?
まことそは、束の間に消えてあらぬに!

おお、歳月よ、、あこがれよ!

月光と海月

萩原朔太郎

月光の中を泳ぎいで
むらがるくらげを捉へんとする
手はからだをはなれてのびゆき
しきりに遠きにさしのべらる
もぐさにまつはり
月光の水にひたりて
わが身は玻璃たぐいとなりはてしか
つめたくして透きとほるもの流れてやまざるに
たましひは凍えんとし

ふかみにしづみ
溺るるごとくなりて祈りあぐ。
（中略）
かしこにここに群がり、
さあおにふるへつつ
くらげは月光のなかを泳ぎいづ。

春夜　萩原朔太郎

浅利のようなもの、
蛤のようなもの、
みぢんこのようなもの、

それら生物の身體は砂にうもれ、
どこからともなく、
絹いとのやうな手が無数に生え、
あはれこの生あたたかい春の夜に、
そよそよと潮みづながれ、
生物の上にみづながれ、
貝るゐの舌も、ちらちらとしてもえ哀しげなるに、
とほく渚の方を見わたせば、
ぬれた渚路には、
腰から下のない病人の列があるいてゐる、
ふらりふらりと歩いてゐる、
ああ、それら人間の髪の毛にも、
春の夜のかすみいちめんにふかくかけ、
よせくる、よせくる、

このしろき浪の列はさざなみです。

山居

萩原朔太郎

八月は祈祷、
魚鳥遠くに消え去り、
桔梗いろおとろへ、
しだいにおとろへ、
わが心いたくおとろへ、
悲しみ樹蔭をいでず、
手に聖書は銀となる。

高二の作文ノート

絶対終わらないだろうと思った作文ノートも、ついに最後のページまできました。四月に配られて、あゝあと一年も提出日は先なんだと思った提出日も今日になってしまいました。今の私の感想は、一年は長いものだが、必ずやってくるのだなあという思いでいっぱいです。

そしてこの作文ノートの充実度も人によってさまざまで、私の場合、ページ数ごとによってさまざまです。余裕のある時、ない時、自分で一目でわかってしまいます。この一年、自分自身をうまくコントロールできなかったなあと思います。来年の高三という一年間を、より充実させるために、文章を定期的に書くことを心がけようと思います。

修学旅行も終わってしまいました。行く前からたくさんの準備をしました。そのことは役に立っていたのでしょうか。私の心に残るのは、「修学旅行に行った」という思い出しか残っていません。でもそれが一番大切なものかもしれません。過ぎていく時間の分だけ、私の心にたくさんの思い出をたくわえて生きたいと思います。

そのほんの一部がつまっているのが、この作文ノートです。

＊最後は精根尽きた感じですね。よくまとめました。（担任の先生より）

エピローグ

まだパソコン初心者の私が、周りのあたたかい応援を受けて画面に向かいました。毎日『高二の作文ノート』の文章をワンフレーズずつ入力していきます。一時間かかってやっと一ページ。それは至福の時間でした。

そこに里奈子がいる。里奈子と対話しながらの作業でした。

結構、漢字使えていたり、ひらがなばっかりだったり、句読点が多かったり、少なかったり、それでも高二としては良く書けていると感心。いや、親がいつまでも子供だと、勝手に思っていたということでしょう。

先生が一年かけて、この作文ノートを書くように指導してくださったことに感謝です。

里奈子は四月二十五日、すごく晴れた青空の美しい日に、近所のビルの非常階段の踊り場から、心は青空の中に飛び立ったのかもしれません。

里奈子の部屋の北側の窓からは大きな桜の木が見えます。満開の花が散って、新しい葉が出て新緑がきれいだったと思います。彼女はどんな想いで桜の木を眺めていたのでしょうか。数年後、その桜の木も、満開の花が終わった後に突然葉っぱが出なくなり、枯れてしまいました。植物にも寿命があると言いますが、何百年も生きている桜の木もあります。個体差ということなのでしょうか。

毎年満開の桜を見ると、里奈子がどんな想いであの桜を見ていたのか、答えのない問いに想いを馳せています。

里奈子が逝ってしまったあと、何もする気になれず、ただベッドの上で過ごすことが多かったです。パパもお姉ちゃんもおばあちゃんも、そのことで私を責めたことは一度もありませんでした。

私は、ひたすら里奈子のことを忘れたくなくて、子供の頃のことや、亡くなる前後のこと、その時々の心に思いつくままを、ノートに書き綴りました。紙面の中に、悲しみや淋しさや後悔を留めて、ちょっと日常に戻り、キッチンに行きお茶を飲む。ポットにお湯が一杯になっていてパパに包まれているような優しさを感じました。パパだって辛いのは同じ。

パパとお姉ちゃんのために、夕食の買い出しに車で出かける。近所を歩く気にはなれませんでした。デパートの地下に車を止めて、エレベーターで書籍売り場に行きます。何か私の疑問に答えてくれるような本を二、三冊求め、またエレベーターで食料品売り場へ。どんな食材を求めたか覚えていません。ただ沢山の買い物袋を提げている人が不思議でした。ほかに何か買いたい物はありませんでしたし、羨ましいという感情もありませんでした。

泣き疲れて寝たり、本を読んだり、庭を見たり。鳥が一羽来ると必ずもう一羽飛んでくる、番《つがい》なんですね。今までとは違う世界を見ていました。空を眺め、里奈子の魂はどこに、どんな状態なのか。ただただ、そのことが気がかりでした。
こんなにも、ぐーたらに生きられるのかという日々でした。

秋になって主人が、『小さな風の会』の新聞の切り抜きを持ってきてくれました。若林一美先生が主催している、子供を亡くした親の会でした。どこにも外出する気にはなれませんでしたが、この会には出席させていただきました。亡くなった事情はいろいろと違いますが、子供との別れを経験している、何か親近感がありました。泣くのも話すのも自由、先生は話をまとめたり、アドバイスしたりということはなく、ここでの話は口外しないように、とそれだけ言われました。辛抱強く私達の話を聞いてくださって、場所を作ってくださった若林先生に心から感謝です。

そこで出会った友人に、里奈子が行ってみたいと書いていた『生と死を考える会』を教えてもらい、行ってみました。里奈子が来たかどうかは分かりませんでしたが、デーケンズ先生にお目にかかり、事情を話しました。彼は大きな手で私の手を包み、「よくいらっしゃいました」と言ってくださいました。涙をこらえることはできませんでした。

私はその当時、大宮の駅のそばでギャラリーを運営していました。開発の敷地内にあったため、今はもうなくなってしまいました。構造の増田一真氏が考案してくださった、内部に柱がないのびのびとした空間で、イギリスのレンガを使ったユニークな建物でした。設計したパパはもちろん、『里奈子のお気に入り』でした。

空間が魅力的なので、ギャラリー運営について私は素人でしたが、作家さんは喜んで参加してくれました。ゼフィールと名付けたその空間で、作家さんやお客様やスタッフとの出会いや経験は私の財産になりました。

里奈子が亡くなった時、色々相談に乗ってくれていたお客様——素敵な彼女は、可愛らしい素敵なリースを里奈子に届けてくれました。私のウエディングドレスを前々日、ミュージカルにロングドレスがいると言って試着していたので、彼女が作ってくれたリースと一緒に里奈子に持たせました。あとで主人に「キリスト教では死を神様の花嫁になると言うのだそうだ。ママは分かっていたのだね」と言われました。

里奈子の葬儀が終わってから、主人の仕事関係の知り合いの方から『時ぐすり』と書かれたカードが添えられたカサブランカの花束が届きました。ゼフィールができてから奥様とともに足を運んでくださっていた方です。お花はいろいろ好きですが、カサブランカはとくに好きでした。当時は高価でなかなか買えなかった花です。奥様とそんな話をしたか覚えていませんが、カードとお花に慰められました。

その後も新米が出ると「食べて元気になってね」とか、旅行先から「ちょっと美味しかったから〝おすそ分け〟」と、何かの折に優しさのあふれた一文を添えて送ってくださり、私のことをずーっと見守ってくださいました。あとで聞いたところ、小さなお子様を亡くされていたそうです。

近所のお友達も、牧場に行ってきたからと新鮮な牛乳と小説を届けてくれました。小説はちょっと読む気になれなかったけれど、気にかけてくれたことに感謝しています。お惣菜と山椒大夫の本を届けてくれた友人もいます。かつて読んだことのある本ですが、改めて読んで泣きました。

お花をちょっと届けて下さった方も。何しろみんな経験のないことで、どのように接したらよいか分からなかったと思います。ほったらかしにしてくれた、ほとんどの友人もありがたかったです。

お付き合いのあった作家さんには、「当分、店には出られないけれどよろしくお願いします」と事情を知らせました。

当時広島にいらした女流染色家の方からは、優しい野の花の花束をいただきました。近所の花屋さんにはそのような花は通常置いていない気がして、どのように注文したのかを伺ってみたいと思いながら、もうずいぶん日が過ぎてしまいました。

どうしても自由に絵が描きたくて、会社を辞めてしまった画家を、ガラスの作家さんに紹介されました。

墨、水彩、油絵など、大きくも小さくも自由に、大きな水墨画は家に入らないので、夜、公園の街灯の下で描いたそうです。

ゼフィールのギャラリーは天井が高いので、床までずーっと展示することが出来、作品全体をゆっくり見ることが出来たと、満足してくれました。

私が里奈子の夢を見た話をした後だったかもしれません。彼からカードが届きました。

里奈子さんへ捧ぐ
鮮やかな
その微笑みは、宇宙の果てで
うっすらと透明な花となり、
鮮やかな極彩色の光のように灯り
ながら、幾億もの蛍が
いっせいに飛び立つように
空間という空間 時間
という時間の隅々へ
溶けこんでゆく。
遠方では、花は虹色の
光彩や芳しい音色となって
響き渡り、夕陽のような
深いまなざしをたたえながら、
青く輝くこの星を
見つめ続けている。
1996
TANIKAWA

京都の染色家の方からは、二本の手ぬぐいが届きました。

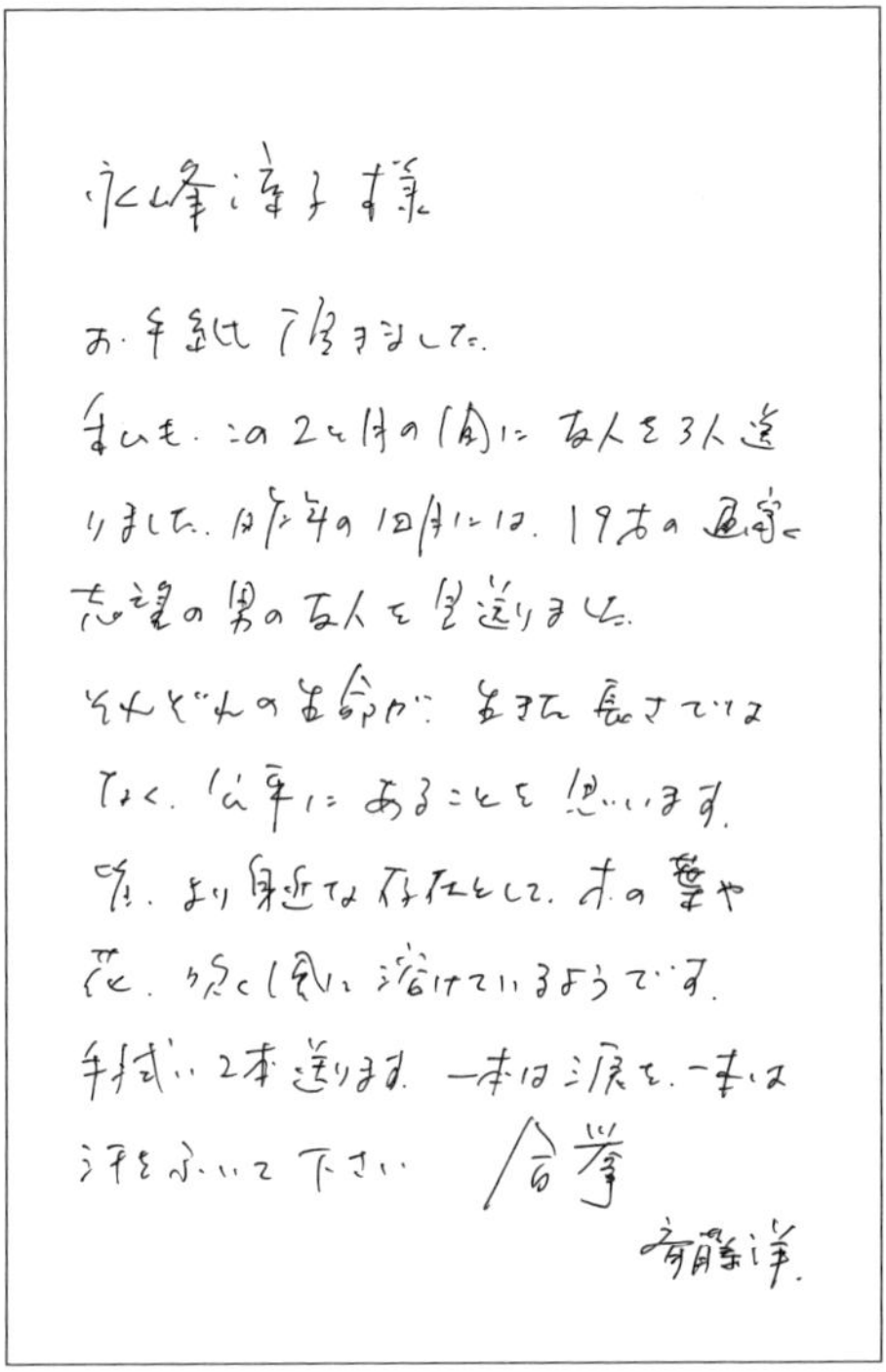
永峰淳子様

お手紙頂きました。

私も、この2ヶ月の間に友人を3人送りました。昨年の10月には、19才の画家志望の男の友人を見送りました。

それぞれの生命が、生きた長さではなく、公平にあることを思います。

皆、より身近な存在として、木の葉や花、吹く風に溶けているようです。

手拭い2本送ります。一本は涙を、一本は汗をふいて下さい。　合掌

斎藤洋

彼のおばあさんは、二十三歳の息子さんを亡くされていたそうです。自分の連れ合いを送って、七十過ぎてお遍路に出て、そこで俳句に出会い、ずーっと息子を偲び、句を読み続けて生涯暮らしたそうです。

何度帰り牛泣き坂の秋時雨

コスモスの白たっぷりとガレの壺

塩蔵のにがりも乾く残暑かな

秋遍路橋と云ふ道とほりけり

荒筵に籾干す村を通り過ぐ

林檎ほどの鈴振り拝む最上仏

むらさきに郁子蔓たれし仏道

霊場のもみじ浮かせて星の井戸

道端に落ちて木の実の音が何めく

雲ひとつ紙漉く村に遊びおり

波の世界巻きてはほどく冬環礁

胸元を流るる霧と関越ゆる

風邪熱の目にゆらゆらと黒牡丹

木の洞にかくしおきたき冬夕焼

返り来ぬ過ぎし日追わず春迎ふ

雑木山芽立ちの命みなぎりて

貝殻に忘れ潮あり春の雲

水は音四の音して春立てり

投句箱濡らして逃げる春時雨

花の波山へ里へと押し寄せり

鈴止めて三井の鐘きく遍路かな

あぢさゐの山ならさきは恐ろしき
漆掻く木曽谷深くめんぱめし
山里は屑糸織りて露の雨
すり鉢に虫の鳴きいる梅雨の宿
夏闇に帆の浮く如く遍路かな
額づけば小さき緑の落し文
子の忌にはきっと来て泣く法師蝉

旅に来て紬の里の木花かな
山神の使ひ走りや寒鴉
命ありて元旦の星拝みけり
野祠に初明りして何もなし

以上三十二句

―鈴止めて―

大村あき(句) 斎藤洋(揮)
二人展
'96 9/16〜27
大宮 ゼフィルにて

彼はその句のイメージを反物に染め上げて、作品展をして下さいました。九十点ほど染めたそうです。ゼフィールでは、三十二点の作品がギャラリーの空間に展示されました。

私は彼から『額づけば小さき緑の落し文』の作品をいただきました。着物に仕立ててもらいましたが、なかなかしっくりする帯がなく出番がありませんでした。

ふっと、以前ゼフィールで作品展をして下さった草木染で織をしている女性作家の作品の帯を合わせてみたら、私の所でピタッとめぐり会い、着物の楽しさを感じました。

その時の染色家の彼の反物は東南アジアの手織の綿で、化学染料で染められたものです。ほかにもモスリンやガラ紡など、布との出会いを大切にしているそうです。

草木染作家の彼女の帯は擬麻シルクの糸を草木染にし、手織でつくっています。彼女がその帯を展示した時は、私はまだ着物を着ていませんでした。あまりにも素敵だったので、タピストリーにしてもいいと購入しておいたものです。

当初私はぐーたらしながらも、テレビの音はうるさくて見ることはできませんでした。一番の望みは、りな子を取り戻すことですが、叶わず。泣くか、庭を見るか、空を見るか、本を読むか。心理学の本の中に答えを求めていました。河合隼雄氏の『子どもの宇宙』『こころの処方箋』『家族関係を考える』『大人になることのむずかしさ』など読ませていただきました。家庭を持ち子供を育てる大変さと同時に〝むつかしさ〟があったことが分かりましたが、具体的に何が里奈子の問題だったのかまでは理解できませんでした。

それでも一生懸命、本屋さんの棚を見つめ、ピカートの『沈黙の世界』という本を見つけました。「りな子はもう何も語らないのだなあ」という想いから、この本を購入したのだと思います。でも私には難しくて、二、三十ページの所にカバーを挟んで、ずーっとベッドの横の出窓に積んだまま、その背表紙を眺めることになりました。

神谷美恵子さんは精神医学者で、長い間、国立療養所長島愛生園で、ハンセン病の患者さんたちの精神医療にかかわってこられた方です。彼女の『存在の重み』という本も気になって求めました。女性の書いた本は読みやすい気がしました。

次に『人間をみつめて』『生きがいについて』という本も購入しました。これも読むことはできましたが、私が求めている答えはもちろんありませんでした。今回、神谷さんの本を読み直して、里奈子を失った私がなぜ生きなくてはいけないのか、少し分かったような気がします。自分のためだけに生きるのではなく、少しでも誰かのためになることが大切なのかもしれない。

難しく考えないで、家事をすることは家族のため。仕事をすることは誰かのためになっているから、お金を頂ける。そして家族を養うことができたりする。他人の役に立つということは誰でもができることかもしれません。

神谷さんのように偉大なことでなくても、自分のできることをすればいい。街の中を歩いている時、目の見えない方に道を聞かれて、手をつないで案内させてもらい「ありがとう」と言われて、役に立ったことがうれしかった。ある時は、前後にお子さんを乗せる器具の付いた自転車で、急こう配の坂道を登れず困っている方がいたので、声をかけてお手伝いしました。しばらく歩いて信号で止まっていると、先に行ったはずの彼女が追いかけてきて、キャンディーとマスクの入った袋をくださって、また御礼を言って急いで行かれました。

ある時は、街で私が道を聞いた時、知らないと言いながらもスマホで調べて教えてくれた青年や若いママ。かなり遠いにもかかわらず、二回も丁寧に道順を教えてくれた年配の紳士。生きていれば、人の役に立てることもあるし、逆に親切にしてもらい、温かい心に包まれることもあります。

私が生きていくということは、そんなに難しいことではないのかもしれません。

以前、主人が私に、竹下節子さんの『ヨーロッパの死者の書』の中から、ミサの時に語られた詩を伝えてくれました。

死はとるにたらない。私は別の側に移っただけ。
私は私だし、あなたはあなたのまま。
私たちは、私たちが互いにとってそうだったものであり続けます。

私を、あなたがこれまで私を呼んでいた名で呼んで。
私にこれまでのように話しかけて。
いつもとちがった調子で話さないで。
私たちを笑わせたことを笑いつづけて。
祈って、ほほ笑んで、私のことを考えて、私といっしょに祈って。
私の名前がうちの中で、重々しい調子や暗い調子ではなくて、
前とかわらず呼ばれますように。
人生（命）は、これまでと同じ意味をもち続けています。
これまでどおりです。糸は切れていません。
どうして私があなたの思いのそとに出てしまうことがあるでしょうか。
私があなたの眼に見えないところにいるというだけのことで。
私は遠くにいるわけではありません。道の反対側にいるだけです。
ほら、すべてうまくいっているでしょう。
あなたは私の心をまた見つけるでしょう。

その中で純化したやさしさといっしょに。
涙をふいて、もし私を愛しているのなら、泣かないで。

このミサ文を読んで、まるでりな子からのメッセージのように思いました。「ママ泣かないで」。でも涙は果てしなく……当時はこのミサ文だけを書き写し、じーっと、何度も読み返して過ごしました。

主人は私とは比べものにならないくらい読書家です。本棚の中に建築の本はもちろん、歴史、宗教、哲学、社会学や経済などなど。私の兄の所に行った時に、兄が推理小説を数冊、もういらないからとくれたので、私と一緒に読んでコミュニケーションを楽しんだこともありましたが、何か忙しくなった時期を境に、本についての会話はなくなっていました。

彼は里奈子が逝ってしまってから、彼女が信じたキリスト教を僕も信じると言って、教会に行ったり、聖書を読んでいました。本棚に宗教の本は前から色々あったように思いますが、その中に『パリのマリア』『聖女伝』という竹下節子さんの本があったのをぼんやり覚えています。

私はひそかに、パパってロマンチストなんて思っていました。そしてもちろんそれらの本も読んでいるのだと思います。『パリのマリア』は里奈子が亡くなった一か月前に出版された本です。そして一年以上過ぎて出版された本『ヨーロッパの死者の書』を求めて、ミサ文を私に伝えてくれたのです。

竹下節子さんはパリに住んで、パリ大学高等研究所でカトリック史、エゾテリズム史を専攻。比較神秘思想という研究を通して、今日的なメッセージを伝えていこうとされている方です。『ヨーロッパの死者の書』は私には難しい所もありますが、読みやすく、分かりやすいと思います。この本のあとがきに、

今は本当の宗教がちゃんと語り始められるべき時代だ。宗教を語ることは『生』と『死』とを語ることだ。『死』は長い間、『生』の試みの座標であるかのように扱われてきた。『死』をちゃんと語ろうとする世界は、本当の意味で『生』のバランス感覚を回復し始めた世界なのかもしれない。

『ヨーロッパの死者の書』竹下節子著／ちくま新書

里奈子の作文ノートの中にも、次のような言葉がありました。

デーケン神父は上智大学で『死の哲学』というセミナーを開いているそうです。私達はもっともっと死について考えるべきのようです。そうすることによって、自分の生き方を見つけられるように思います。そしてさまざまな死の悲しみを受け入れることができるでしょう。

死について考えることによって、「生きるとは何なのか」を考えながら、しっかり生きていこうと考えていたように思われるのです。でも私は毎日の生活に追われ、死について考えることはありませんでした。母親としては情けないです。

でもでも、私は里奈子の母親です。里奈子が残してくれた宿題を大切にしていこうと思っています。まず「作文ノート」に出てくる本を読んでみました。

曽野綾子さんの本は私の推薦図書です。ほかに誰を推薦したかあまり覚えていません。次に聖書、キリスト教についての本。仏教の本もいろいろ読みました。難しくて途中でやめてしまう方が多かったけれど、竹下節子さんの本は書棚に八冊あったので全部読みました。信者さんの書いた本は神ありきなので、ちょっと抵抗があったりして、分かるような分からない時があります。竹下さんは研究者なので、資料を基にして書かれているので、納得しやすい。読みやすい気がしました。

数年前、里奈子の部屋とは離れている納戸付近を片付けていたら、カセットテープのケース一つが出てきました。タイトル『I'm Here 小比類巻かほる』と里奈子の字で書かれていました。テープは入っていませんでしたが、友人にダビングしてもらったものなのでしょう。「わたしはここにいるよ、ママといつも一緒だよ」となな子からのメッセージのようで、偶然見つけたというより、私にとっては奇跡といった感じでした。

奇跡という言葉は通常あまり使われませんね。

でもキリスト教を信じるには、まず奇跡が起こったことを信じることから始まるように思います。

ガリラヤ湖のあるガリラヤ地方のナザレ出身のキリストは、ガリラヤ・サマリヤ・ユダヤの街々で、歩けなかった人を歩かせたり、見えない人の眼を治したり、色々な奇跡を行いながら伝道して、弟子をつくっていきました。一番の奇跡は復活です。奇跡を目の当たりにした人は、キリストを神の子と信じていったのだと思います。奇跡なんてあるのかしら、と信じがたい私にはなかなかキリスト教信者にはなれません。

でも竹下さんの本を読んでみると、史実に基づいた事柄がたくさん出てきます。修道女が宙を舞ったとか、一番ポピュラーなのは『ルルドの泉』ではないでしょうか。ベルナデットという少女がマリア様に導かれ、その土を掘ったら水が湧き出てきた。その泉の水は化学的に検査してもとくべつな物質が含まれていることはないそうです。しかし医者が常駐して、泉に入る前と、その後を調べ、病気が治った人を確認しているそうです。世界中からたくさんの人が来ている中の一握りの人が治っているので、たまたまという見方もできるかもしれません。日本のラジウム温泉のように、効能がうたわれていても全員に効果がある訳ではありません。やはり一部の人が治っているのが現実ではないでしょうか。

『ルルドの泉』やラジウム温泉、新興宗教、うその薬に人が集まるのは医学もまた万能ではないということでしょうか。医学で治る人、一部治らない人。医学に見放された人の中で、またルルドの泉やラジウム温泉で治る人、治らない人。そもそも、何で病気になったのかを考えて、手術や抗癌治療をしたあと、フォローしないとまた癌になってしまう。万全を尽くしたつもりでも救えないこともある。そんな時、信者は神の采配と考えるのかもしれない。私はキリスト教について勉強不足なので、イエス基督という神かは分かりませんが、何か大きな力が働いているようにも思います。

私達の国には、仏教という宗教が古くからあります。私は子供の頃から、仏壇にお供え物をしたり、お彼岸にお墓参りに行ったり、仏教には馴染んでいましたが、どんな教えなのかと考えたりしたことはありませんでした。日本では、よく葬式仏教などと言われますが、キリスト教は、結婚式に使われています。私も結婚式は教会でさせていただきました。二回ほどお説教を聞きに行くのが条件だったような気がします。ウエディングドレスを着たかったので、雰囲気づくりに式場につくられた教会もどきではなく、本物の教会で式をあげたかった、というのが本音です。今考えると、若かったとはいえ、ちょっと恥ずかしい気がします。

日本では大きく括ると、神道・仏教・キリスト教が生活の中に生きていると思います。初詣は神社に行き、一年の健康や色々な想いを神様にお願いしながら、自分自身を自覚する場として機能しているように思います。お宮参りや七五三なども子供の成長を願い、また神に感謝する機会をいただいている。

仏教では亡くなってから、通夜・告別式・四十九日・一周忌・三回忌……と故人を偲ぶことで、先祖から自分が繋がっていることを自覚させてくれる。自分は一人ではないと。

一般家庭では身内が亡くなると、最近は葬儀社に連絡をして段取ってもらうことが多い気がします。寺の檀家の方はすぐにお寺さんにも連絡し、地方出身の方は僧侶に来ていただく方も、自分の家の宗派の僧侶を葬儀社に手配していただく方もいらっしゃるようです。どちらにしても都会では自宅で葬儀をなさる方は少なくなってしまいました。

キリスト教では、人が亡くなる前から、臨終の秘跡をしてもらい、生前の罪を赦免してもらい、天国で休めるのだと言ってくれるそうです。でも何といっても、一般庶民にとっては最大のイベントはクリスマス。教会ではキリストの生誕を祝うクリスマスのミサがあって、信者さんたちが集まって過ごします。私の家では、絵本などで、イエス様が生まれて飼葉桶に寝かされた話や、大きな星に導かれた東方の博士が、天使に導かれ羊飼いたちが、お祝いに来た話を読み聞かせていても、親も深く考えてはいませんでした。むしろ、いい子にしていると、サンタクロースがプレゼントを持ってきてくれるということを、何才まで夢のある行事として楽しむか、親は考えながらクリスマスの過ごし方、プレゼントの渡し方を考えていたように思います。

結婚式は神前とか教会、仏式というのもあるそうですが、ごく少数派だと思います。最近は牧師や司祭、神主など宗教的な立会人がいない人前式というのもあり、また婚姻届けだけという人もいるようです。

生活の中で、いろいろな宗教と関わりながら私達は生きてきたように思います。私のような凡人は一つ一つの宗教について考えることもなく過ごしてきてしまいました。里奈子の死を経験して、死にたくなってしまった心を、初めは心理学に答えを求めました。

河合隼雄氏の『宗教と科学の接点』『ユング心理学と仏教』と出会い、仏教についても興味が出てきました。河合さんは心理療法士として夢の中にも糸口を見出していました。仏僧の明恵《みょうえ》が生涯にわたって夢を記録し、『夢記』としてまとめられている本を読んで、師と仰ぐようになったそうです。明恵の属している宗派の経典、華厳経を読まれ、でも読んでいるうちに眠くなってしまうそうです。そして明恵は読んでいたのではなく、唱えていたのではないかと気が付いたそうです。繰り返しお経を唱えることで、意識変容が生じるのが期待されるのではないか、ということです。

私の婚家は曹洞宗です。大宮ではかなり大きなお寺です。実家の浄土真宗との違いはお塔婆を出す、ということぐらいしか認識していませんでした。葬儀の時、住職が有り難そうなお経を唱えたあと、みんなで修証義の中の般若心経を唱えます。読むのではなく唱えているようにも思います。

観自在菩薩《かんじーざいぼーさつ》。行深般 若 波羅蜜多時《ぎょうじんはんにゃーはーらーみーたーじ》。

途中に「。」があるのですが、ずっと続けて一本調子で唱えます。

色即是空《しきそくぜーくう》。空即是色《くーそくぜーしき》。

この辺りは聞いたことのある言葉ですが、説明するほどの知識はありません。焼香が終わると、住職が身近な題材でお話しくださいます。亡くなった方のエピソードなどを交え、笑いがある時もあります。

このお寺では、毎週土曜日に座禅会をしています。看板はずーっと見ていたのですが、仕事をしていたこともあり、行ってみようと思ったことはありませんでした。しかし、河合さんは明恵を師と仰ぎながら、禅についてもかなり突っ込んで書かれています。黙って座る座禅とはいかなるものか、体験してすぐに分かるものではないけれど、体験しなければ全く分からない。一度体験させていただこうと、恐るおそる行ってみました。

驚いたことに、百人近い人が集まっていました。私のような初心者もたくさんいて、先に説明をしてくれました。足の組み方、「無理はしないで大体でいいですよ」と言われ、手の指の合わせ方も教えていただきました。また、「目は半眼と言って半分閉じてください。そして、何も考えない。でもふーっと何か浮かぶことはありますよね。でもその先を追わない。浮かんだら流す。浮かんだら流す」と、これを毎回言われました。五回ほど参加させていただきました。

その後、主人が怪我をして入院し、また看板を眺めています。入院中、どれくらい良くなるのか、いつ退院なのか。退院後はどんな生活が待っているのか。いろいろ頭をかけめぐります。そんな時、座禅会でいつも言われていた、「浮かんだら流す」の言葉が浮かびました。

今、自分ができることをするしかない。でも、いろいろ悩みながら、主人の友人たちに力を貸してもらい、主人に力を貸してくれた友人がいたことに感謝しました。

いまだに看板を眺めています。

座禅がいかなるものか。

以前テレビで、座禅中の脳波について、検証していました。

脳波　一秒に一回振動するのが一ヘルツ　十回なら十ヘルツ

三十ヘルツ以上の脳波　γ《ガンマ》波　カーッとする三十ヘルツ

十三から三十ヘルツ　β《ベータ》波　仕事　ストレス二十五ヘルツ

競争二十ヘルツ

α《アルファ》波　　八から十三ヘルツ　　くつろぎ
θ《シータ》波　　四から八ヘルツ　　感謝
δ《デルタ》波　　〇・四から四　　〇・四　熟睡中

曹洞宗の若い僧侶から修行を積んだ高僧まで、いろいろな方が実験に協力し、座禅中の脳波を調べたところ、明らかに高僧は早くにα波が出たそうです。θ波まで出る方もいらっしゃるそうです。

東光寺からいただく『禅の友』に坐禅とは、

坐禅は仏行です。正しい師につき、正しい坐禅をすることによって、人間生活と切り離し、仏の姿に成ること、宇宙とひとつながりになることです。

人間の人格を高めるためには、人生（日常生活）を止める、万事を休止する、すべてをお任せすることが必要になります。それが手を組み足を組む坐禅の姿勢なのです。

とありました。

河合氏の研究している心理療法は、箱庭や夢の分析、絵画などを通じ、深層心理を知る、探ることで患者に寄り添い、『ことば』によって本人自ら気づいて、事を解決に導いてくれます。

箱庭とは幅72センチ、奥行57センチ、高さ7センチの箱に気持ちのいい砂が入っています。箱の底はブルーになっていて、砂を除けると川や海や湖を表現することができます。用意されている、家や人、鳥、魚、マリア様、自転車や車、花や草など、様々なものを自由に置いて心理カウンセラーの方と話しながら、自分の心の奥に気づいていくのです。それが深層の意識というものなのでしょうか。

しかしこの深層の意識に到達するのはなかなか困難で、禅宗の座禅、ヒンズー教のヨーガ、宋代儒者の正座など、色々な修行で深層の意識を得る。仏教では深層心と言うようです。これらは姿勢と呼吸という身体的なアプローチで、河合氏の研究しているユング派は言葉によるアプローチといえるかもしれません。どちらも自分自身で気づいていくのを待つという感じのようです。

なかなか座禅で深層の意識まで到達するのは難しいのですが、私の数回の経験でも若い僧侶の「ふっと浮かんだことの先を追わない」の言葉が私を助けてくれました。『深層の意識』も私にはなんとなく分かるような、でも他人に説明するほどは分かっていない。『魂』という言葉も自然と使っているけれど、よく分かってはいない。河合氏の本の中に「たましい」について書かれているが、まだ読破できていません。

『ヨーロッパの死者の書』に、ヴァンサン博士ふうに言うと、

魂は空間に残った思考の情報の跡

霊体は空間に残った肉体の情報の跡

なのかもしれないという表現がありました。感覚的には少し分かるような気がします。

前にも書きましたが、女性の書いた本は読みやすく、志村ふくみさんの本にも随分

癒されました。志村さんの本にはいつごろ出会ったのかはっきりとした記憶はありません。

草木染で手織の着物をつくっている染色家としての志村さんのファンですが、彼女はエッセイストとしても活躍されています。彼女は染織を志すと決めた時、陶芸家の富本健吉氏に「専門とは別に、何か勉強をするように」と助言され、文学を選んだそうです。私は穏やかで謙虚な彼女の言葉遣いが好きです。それは志村さんの生い立ちの経験からでしょうか、物や人や、自然や世界に対して優しいまなざしで見ていらっしゃる。自分には厳しく、制作に向き合い、常に「生きるとは、生かされているとは」と、自問自答しながら生きていらっしゃるように思います。

私が着物を着るようになって、しばらくは紺色や青など汚れが目立たなく無難な色の着物をついつい選んでいました。ある時、着付けに始まり、着物の魅力を共有する着物愛好家のグループを主催していらっしゃる方に「薄い色の着物も似合う」とアドバイスをいただきました。

雑誌をめくっていたら『理奈呼』という薄いベージュの着物に出会いました。織の着物で胸元に二羽の鳥が飛んでいました。説明に長身の現代的な女性に似合う着物とも書かれていました。

里奈子は五月一日、歌の先生が企画して下さった東京会館でのミュージカル「マイフェアレディ」に出演予定でした。そのディナーショーが終わったら、パパの友人の染色家に「成人式の着物を注文に行きましょうね」と、話していました。その前に逝ってしまったので、着物をつくっていませんでした。

二羽の鳥は里奈子の絵の中に出てくる鳥を連想させ、背の高い彼女は「わたし、着物似合わないかも」と言っていました。この着物は、ふくみさんのお嬢さん、洋子さんの作品でした。すぐに連絡して譲っていただきたい旨お伝えしたのですが、もう行き先が決まっているとのこと。一瞬諦めたのですが事情をお話しすると、それではお宅の里奈子さんのために織りましょうと言って下さいました。出来上がった着物をいただきに伺った時、ふくみさんにお会いする機会をいただき、「里奈子さんに何があったのでしょうね」と寄り添うように、一緒に考えてくださいました。

欧米人が、よくナイトテーブルに聖書を置いているように、私は志村さんの本を置いています。『白いままでは生きられない』を購入してからは、その本を置いています。以前に書かれた本の中から編集者が抜粋した言葉が載っているそうです。その中に、

死はおしまいではなく、ふと肉眼でその人が見えなくなっただけで、すぐそこにいる。

心の内に一緒にねむるその人は、やっぱりその人らしい旅を続けているだろう。姿がみえなくなったとはいえ、いつも話しかけているし、時には笑わせてくれる、教えてもくれる。だから生きている間に充分たのしんで、そういうものをおみやげに、みんなの願いを種にしてもってゆこう。

『白のままでは生きられない──志村ふくみの言葉』志村ふくみ著／求龍堂

という文章がありました。里奈子の気持ちやミサ文やいろいろな方々が言っていることに通じるなとつくづく思います。私はその文字を眺めながら、穏やかな気持ちで

今日一日に感謝し、明日も誠実に生きようと眠りにつきます。

といっても私は娘を亡くしています。特に体調が悪い時などは、寝る時にこのまま目が覚めなくてりな子の所に行きたい。そんなふうに思いながら、翌朝ああ目が覚めてしまったと、がっかりするというか、現実に引き戻されるというか、そんな日も多々ありました。その時私を支えてくれたのは、かつて里奈子が私の肩を抱くようにして言った「ママだいじょうぶ」という言葉でした。

私の母校である日本女子大学の創立者、成瀬仁蔵先生は組合派教会にて洗礼を受けたクリスチャンでした。でも学校としてはミッションスクールと掲げてはいません。教育綱領として『信念徹底』『自発創生』『共同奉仕』を理念に掲げ、日本初の女子専門学校をつくりました。

当時、軽井沢三泉寮で多くの哲学者の学説を論拠として、大きな樹の傍らで『帰一』の思想を説かれたそうです。帰一とは宗教、宗派を超え、時間空間を超え、善悪をも超越した上で自己を見つめ実感することであるという大先輩の話。

（卒業生の会の「桜楓新報」528号より）

晩年詩人タゴールを招き講演会をしたり、軽井沢の大きな木の前にタゴール氏が座り向かい合って生徒たちが敷物を敷いて正座し、瞑想したりしたこともあるそうです。

（「桜楓新報」544号より）

聖路加国際病院の顧問をなさっている小児科医、細谷良太氏の講演会要旨が載っていました。その最後の方に、

七十年近く生きてみて、二千五百年前にお釈迦様が考えられた真理、
「全てのものは皆思い通りにはならない。この世で生きることは本質的に苦だ。
全ての物は常に変化してゆく。生じては滅びるのが、物事の定めである。
全てのものにおいて『私のもの』という実体は存在しない。全てのものは、その関係性において存在している」

という言葉につくづく納得しています。

と書かれていました。

（聖路加国際病院は、キリスト教の理念で一九三三年にルドルフ・B・トイスラーというクリスチャンが始めた病院です。）細谷氏も四十五年間チャペルの付属する病院でクリスマスの礼拝やお葬式の参列など経験したそうです。小児科医として診療を通じて、『死んでも死なない』という聖書の中の言葉が真実に感じられた瞬間も経験なさった。でも、生と死、という問いを宗教とからめて整理するとき、一番しっくりくるのは仏教だそうです。

（「桜楓新報」７５５号より抜粋）

キリスト教、仏教など、長く続いてきた宗教には共通点があるように思います。行きつくところは『愛』なのかもしれません。世界に十七億人もいるイスラム教のことについては、ほとんど知識がありませんが。

そして日本の風土の中で、日本人は仏教的感覚が受け入れやすいと感じているように思います。だからといって、仏教の勉強をして「私は仏教徒です」という方は少ないのではないでしょうか。でも最期は仏式で葬儀を行っている方が多いですね。それが日本人の感性なのかもしれません。

キリスト教の場合は、洗礼を受けて、聖書研究会で勉強し、「私はクリスチャンです」と言える人はそれなりにいるように思います。明治以降、多くの文明が欧米から伝えられてきました。クリスチャン達の精神によるところも多いと思います。そのことには感謝。

宗教には属せなくても、『愛することと、感謝する心』があれば、それも一つの生き方なのではないでしょうか。

竹下さんの『聖女伝』の中にカトリックの左翼やインテリ達が言っている言葉。

もし死ぬ時になって、天国はないと言われても、私は『愛』をもって生きたから、後悔はない。

『聖女伝―自己を癒す力』竹下節子著／筑摩書房

アルフォンス・デーケン神父は、

『愛』は「ユーモアと笑い」とおっしゃっています。

あとがき

今までたくさんの愛をありがとう
パパ、ママ、あなた達のこと大好きでした。
お姉ちゃん、パパ、ママのこと、よろしくお願いします。
りなこは、もう治りそうもない病気です。
ゆっくり眠らせてください。
パパ、ママ、おばあちゃん、お姉ちゃん
それから今まで出会った人々の
幸せをお祈りして行こうと思います。

里奈子

里奈子が最期に残した手紙です。

当初は治りそうもない病気とは何の病気だったのか、といろいろ考えたりしましたが、作文ノートを読んだり、お姉ちゃんがくれた里奈子からの手紙の束の中に、「りなは洋服が買いたくてしょうがない病気になってしまったようです」という文章があって、死にたくなってしまったことを表現したのかなあと思っています。

私はスマホを少し使えるようになったけれど、天国に基地局がないので、確かめる術はありませんが。

私が里奈子を授かって十九年九カ月、その間のたくさんの思い出と、里奈子がその間に出会った全ての人に感謝です。

里奈子は幸せだったと思います。

みんなを愛していたから。

つぶやき

『愛』って……

優しさのつぶの集合体のようなものかしら

周りの温かい応援で、このように本にまとめることができました。
里奈子探しをするつもりで、自分探しでもあったように思います。
関わって下さった全ての方々に心より感謝です。
ありがとうございました。

著者プロフィール
永峰 里奈子（ながみね りなこ）

1974年生まれ　埼玉県
女子聖学院中学校・高等学校卒業
洗足学園短期大学音楽科声楽専攻入学

永峰 涼子（ながみね りょうこ）

1947年生まれ　東京都
日本女子大学家政学部住居学科卒業
結婚にて埼玉県在住
ゼフィール（ギャラリー＆和食器の店）＊1991年開店　2017年閉店
現在主婦　主人とアリス（アメリカン・コッカー）と同居

高二の作文ノート

2020年２月15日　初版第１刷発行

著　者　永峰 里奈子、永峰 涼子
発行者　瓜谷 綱延
発行所　株式会社文芸社
〒160-0022　東京都新宿区新宿1－10－1
電話　03-5369-3060（代表）
03-5369-2299（販売）

印刷所　株式会社フクイン

ISBN978-4-286-20866-4　　JASRAC 出1906017－901